新機動戰記鋼彈W
冰結的淚滴

NEW MOBILE REPORT GUNDAM W Frozen Teardrc

隅沢克之

9 寂寥的狂想曲（下）

Kadokawa Fantastic Novels

封面插畫／あさぎ桜、KATOKI HAJIME
插畫／あさぎ桜、MORUGA
日版裝訂／KATOKI HAJIME

寂寥的狂想曲

MC檔案6（上篇）

MC-0022 NEXT WINTER

——決戰時刻將近——

拉納格林共和國的移動要塞「巴別」，在夾著埃律西昂海的對岸伊希地平原停下並展開布陣。

這座「巴別」的外貌並不如名稱的由來「混亂之塔」，它僅有十層樓建築的高度，而面積則寬闊得讓人覺得像個小型都市。

由上方俯瞰，是邊長三百公尺的正五角形履帶式裝軌車由A到L共十二輛聯結在一起，宛如正十二面體的展開圖般拓展於大地。

這座要塞原本並非造來作為軍事用途，而是為了整設火星乾涸的河床，作為道路活用的移動式整地建設機械。

將它改造成要塞的發想，應該是源自於過去地球圈曾有過的「移動宇宙要塞巴爾吉」或「宇宙戰艦天秤座」吧。

這些車輛每一部都武裝了各式砲門，並設有ＭＤ機庫或兵器工廠等設施，無疑給人一種會移動的最前線的印象。

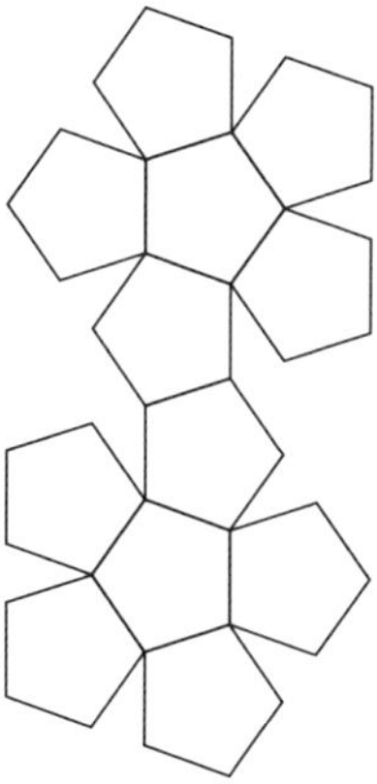

　若要再更進一步描述，這個正十二面體的布陣雖然是密集型，但若有戰術上的需求，也能夠變更成橫一字的形式；或者也能排成鶴翼陣或者被稱為雁行的斜線陣形。換句話說，是一座不管面臨何種戰況都能夠即時應變的可變式城塞。

＊

　我坐進繼承自父親的「天堂」狹窄的駕駛艙。

　座椅坐起來不怎麼舒適。

　對我而言似乎太硬了。

　將控制架的小型監視器開關切換成ＯＮ，輸入密碼。

　密碼是父親設定的一段異樣長串的文章。是伊曼努爾·康德的言論。

Perpetual peace is

not an empty ideal,

it is a task imposed on

us all to achieve.

「永世和平並非空虛的理念，而是吾等必須實現的使命」。

父親總是在輸入了這個句子之後，抱定覺悟前赴戰場嗎？一想到這點，我不禁感慨良多。

黑暗當中，主電腦升起，各機器一一亮起燈號。

顯示虛擬3D的螢幕明明是這數十年來的標準配備，但是這架機體的顯示燈號卻是使用直接點燈式，讓人覺得彷彿AC時代的骨董。

不過我已經習慣這種舊式的顯示燈了。

因為上次駕駛的「梅花J」也是這型式。

那架Mars Suit是為了復舊過去曾被歌頌為夢幻名機的「里歐IV型（格萊夫）」而建造，那真的是一架粗獷而古典的機體。

駕駛艙完全變得明亮。各部位偵測燈顯示出狀態，沒有異常。

上次戰鬥中受到的損傷已經修復完畢。

迅速結束了啟動檢查，連接上主動力。這樣就可以隨時出擊了。

主螢幕上照出這架機體正面可見的景象。

這裡是我還看不習慣的戰艦「北斗七星（Grand Chariot）」的Mars Suit機庫。

視野比想像中要來得更狹窄。

這讓我不禁心想：若要戰鬥的話，比起目視，更必須要磨練聽覺、嗅覺和皮膚感覺了。

輔助監視器上照出站在這架機體旁邊的「紅心女王」。

『米爾，你真的能夠駕馭自如嗎？』

傳來娜伊娜的聲音。

她從紅心女王的駕駛艙發出通訊。

這種語氣感覺與其說是擔心，不如說像在消遣我。

「這裡是天堂托爾吉斯。米爾・匹斯克拉福特，檢查完畢。」

無視姊姊，我向「北斗七星」的艦橋報告已完成出擊準備。

『了解……距離出擊還有六十秒。』

管制室的操作員凱瑟琳・布倫開始倒數。同一時間，指揮官W教授向我確認：

『米爾，巴別派出了一百架以上的「比爾哥Ⅳ」。陣形是Delta。以機動速度來看，恐怕會由你最先遭遇敵軍的前鋒部隊。』

「明白了，W教授。」

『大概會演變成一場激戰，不過還是有辦法讓這場戰鬥朝有利的方向進展，這都端看你能堅持到什麼地步。請務必盡力克服。』

「是……」

若說不緊張是騙人的。奇妙的是，我的內心相當平靜。

W教授的指示沒有錯，我只要照辦就好。

「宇宙之心怎麼說？」

『跟平常一樣是「1．618033398」。』

「黃金比例嗎……」

『是費氏數列。無論何時，在何種情況下，宇宙都在追求這個數值。』

無垠的宇宙描繪著螺旋，漫延擴散。

在自然界當中，花瓣的排列或葉片的生長方式、菊石或螺貝類的螺旋也都是遵

從著費氏數列。

雙眼看不見的透明方程式就存在其中。

能夠對這些有所感應的，就只有W教授和他的妹妹卡特莉奴。我相信他們兩位所預測的未來。

以宇宙之心為基礎的戰略，遠遠凌駕從移動要塞巴別對「比爾哥Ⅳ」發號施令的「ZERO系統」。

既然拉納格林共和國的指導者——傑克斯．馬吉斯上級特校的殘留意識的立體影像與「ZERO系統」相連運作，我們若想要找出勝算，關鍵就只能尋求宇宙之心了。

『閘門開啟。』

凱瑟琳的聲音在駕駛艙內迴響。

眼前的出動閘門漸漸敞開。

能看見外面的景色。

此時的火星已拉下夜色的帷幕。

遠處的冬季雲層間，「Frozen Teardrop」閃爍著微光。

等這個「晚冬（Next Winter）」結束，就是ＭＣ２３年的「早春（First Spring）」了。

即使如此，或許到時也不會有任何改變。

又可能會有所變化。

現在，我們便是在如此考驗之中。

一路通往出動閘門的側壁上，燈號一齊轉綠。

我和天堂搭上出動彈射器，在高速度下飛出「北斗七星」。

「天堂托爾吉斯，離艦！」

拍動著白色的巨大羽翼——

「自天國降臨的奇蹟（天堂托爾吉斯）」渾身綻放著炫目的光芒飛向戰場。

身後的「北斗七星」由埃律西昂海朝著伊希地海灣前進。

而在更遙遠的後方，可以看見坐落在埃律西昂島的歐伯山的莉莉娜市。

為了應對這種緊急事態，巨大的白堊色扇形防護罩自天空落下，覆蓋住都市全體，將整個都市隱藏了起來。

那景象讓人聯想到名畫「維納斯的誕生」裡頭「Scallop（扇貝）」的形狀。

如此一來，就能將居民受害的範圍減至最小吧。

雖然非常可悲，但總覺得似乎被迫領悟到了「完全和平主義」的極限。

天堂散發著光芒高速飛行。

從我所在的駕駛艙沒辦法確認，但天使的羽翼應該正優雅地揮動。

這架機體是我父親將ＡＣ１９５年被破壞的「托爾吉斯Ⅱ」的零件加以回收，獨自組裝並以最新技術改良而成。

那架機體過去是那位特列斯．克修里納達所搭乘的愛機。

實際駕駛後我才發現，這架機體有著「左撇子」駕駛的特徵。

既然是人類搭乘、操縱的機械，ＭＳ當然也有分慣用手。

駕駛員的體能會透過神經傳導的迴路，逐漸忠實反應在機體上。

當閃避敵人攻擊時是要「順時針右轉」或「逆時針左轉」，一瞬間的判斷將會左右生死。

這些動作的累積，會營造出機體獨自的個性。

因為我本身是左撇子，所以十分清楚。

特別是這架托爾吉斯系統的駕駛艙，駕駛員的個性已深深刻劃在這裡。

父親並非慣用左手。我推測大概特列斯・克修里納達是左撇子吧。

將安裝在左臂的圓形盾牌換到右臂，於是操縱性便驚人地上升，感覺節流閥的操縱桿也恰到好處地收納在我的掌中。

反應速度似乎也變得靈敏。

駕駛這架配備專為慣用右手之人所設計的機體戰鬥，特列斯不會覺得辛苦嗎？

或許他是刻意想要遵循傳統，總之我無法得知這其中有何深意。

拉納格林共和國的傑克斯・馬吉斯上級特校對火星聯邦發表獨立宣言並宣戰，是在ＭＣ２１年的「早冬（First Winter）」。

在那個時間點，火星上並沒有能夠遏止這種失控的人。

當時聯邦政府由於自稱米利亞爾特・匹斯克拉福特的初代總統剛遭到暗殺，才約經過一個星期，不可能做得出像樣的對應。

局部戰爭一下子爆發，火星的南半球各地都遭到傑克斯特校的蹂躪。

拉納格林的國民並不認為他是個立體影像。

他出現在各式各樣的報導畫面當中，讓人對他的實際存在堅信不疑。

初代總統的葬禮上，也有他宛如出席人士般站在我們身後的影像，但那全是經過影像處裡的虛構畫面。

聯邦軍起初以Mars Suit加以對抗，卻都被傑克斯特校駕駛的次代鋼彈體無完膚地擊潰。

戰線只能一味地後退。被逼到走投無路的指揮官，只好將祕藏至今的比爾哥Ⅳ大量投入實戰。

但這卻成了致命的敗筆。

次代鋼彈的「ＺＥＲＯ系統」駭進了比爾哥Ⅳ的指揮系統，所有機體都因此被奪走了。

戰力差距一口氣被縮短，幾個月後便被超越。

派出無人兵器對付傑克斯上級特校，只是直接徒增敵人的戰力。

比爾哥自聯邦軍的最前線消失，有人機型的Mars Suit再度被派上戰場。

兵員壓倒性地不足。

聯邦軍中沒有肯成為駕駛員的志願者。就算強制徵兵，士兵沒多久便逃亡了。

神經正常的人都不可能有勇氣去面對為數龐大的無人機。

無可奈何之下，只好準備了搭載對抗駭客專用程式軟體的無人機，暫時維持住戰線。

可是「ZERO系統」立刻就改寫程式，以比對抗軟體更加優越的演算處理，接二連三奪走了派出的兵器。

將近一年之間，雙方不斷持續著互相改寫軟體對抗，毫無進展的迴圈。

但結果並沒有改變。

好幾百架無人兵器完好無缺地成了拉納格林共和國的所有品。

努力幾乎成了白費。

即使淪落此種狀況，聯邦軍內的高層依舊還是有指揮官過分堅信無人兵器，好幾次重複著大量投入而後被傑克斯特校奪去的愚行。

所幸父親利用奈米守衛，停止了無人兵器的運作。

那是過去特列斯．克修里納達委託研究學者設計開發，直到最近才總算進入到實用階段。

如此一來才遏止了拉納格林共和國繼續增加戰力。

然而聯邦軍高層似乎對此感到不悅，將「昔蘭尼之風」視作敵人。

父親不屬於聯邦的勢力，而是以個人的身分持續戰鬥。

這一點預防者也一樣。

在這顆火星的大地上，抱有覺悟的駕駛員少之又少。

我和天堂越過了海洋。

前往馬爾斯大陸的路途中，可以看見伊希地平原，而在那裡正部署著比爾哥Ⅳ的大規模部隊。

與要塞巴別之間拉開了一段不算短的距離。

由上空俯瞰戰場，如此的視點是在對付ＭＤ時最重要的關鍵點。

「前鋒部隊的數量居然就這麼多？」

數量多得令人目瞪口呆。

以前交戰的時候，我方曾經以六架ＭＳ打倒了十倍的敵人——六十架ＭＤ。

而這次大約有一百架比爾哥Ⅳ——多了一個位數，必須以一對抗百倍的敵人。

敵方的陣形就如Ｗ教授所告知。

他所說的「Delta」，就如字面所述是正三角的陣形，部署成宛如正四面體的展開圖一般。

由此陣形看來，應該是企圖避免戰力分散，將砲火集中在最前端，強行突破埃律西昂島。

若要說有什麼弱點，大概就是無法防範來自後方的奇襲吧。

但我重新想到，考量到我方戰力，敵方或許根本不用操那樣的心。

火星聯邦軍的戰力「北斗七星」上頭所搭載的Mars Suit，也不過區區十二架。

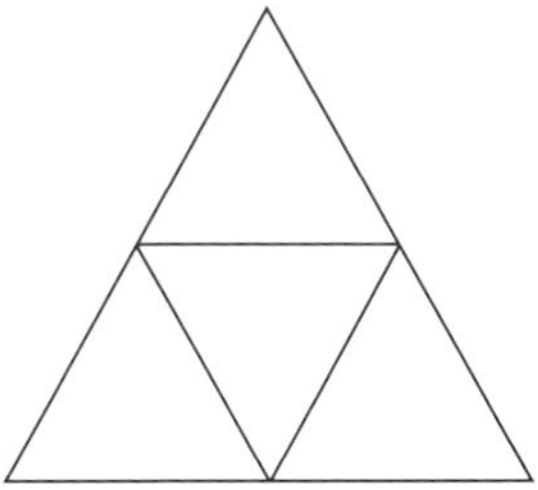

想要進行奇襲作戰，根本是痴人說夢。

「面對數量如此驚人的對手，沒有笨蛋會單槍匹馬從正面衝過去。」

連我也只能這樣告訴自己。

「可是，我還是要去……因為我是笨蛋。」

將推進器的節流閥推到最底，我急速下降。

與此同時，散布裝備在天使之翼的「奈米守衛」。

比爾哥Ⅳ由搜敵反應進入攻擊態勢，金色的微粒子灑落在它們的上空。

ＭＤ裡的儲存資料立刻就在瞬間被重置。

頭部的探測監視器同一時間一起熄燈。

飄浮的新星球守衛陸陸續續落下。

部署在Delta陣形前端的二、三十架比爾哥陷入活動靜止的狀態。

這時要是負責系統管理的人不在，就可以一股作氣加以殲滅了。但恐怕ＭＤ也正在回輸儲存資料，打算再次啟動。

把握這段延遲的時間，就是勝負的關鍵。

「趁這時候一口氣進攻，盡可能多打倒對方。」

以右臂發射多佛槍，左臂幾乎在同時揮舞手握的光劍。

一股作氣打倒了約五架，接著更進一步深入敵陣。

比爾哥原本就不擅長近身搏鬥。

第六架、第七架也陸續被砍倒。

另外四架機體行動遲鈍地從後衛之間走出來，隨即被多佛槍的能源彈命中。

我嘗試狙擊位於更深處的機體，卻都被新星球守衛給彈開了。

「太深入敵陣了嗎……」

尚未受到奈米守衛影響的機體打算前進到前鋒位置，不過被活動靜止的機體擋住去路，因此動彈不得。

「既然這樣！」

心情上的切換是很重要的。

我左轉讓天堂逆時針迴旋。

光劍刺向部署在我右方，呈靜止狀況的比爾哥。

接著直線橫斬向另一架機體的機身，再將它身旁的機體由頭部上方往下一刀兩斷。

截至目前就十四架了。

倏然定睛一看，站在眼前的比爾哥開始再次運作了。探測監視器發出電子聲明滅閃爍。

將那架機體由肩膀斜劈開來之後，我一口氣垂直升到空中。

「總共十五架啊……」

以初次駕駛天堂上陣而言，成果算豐碩了。

其實我希望至少能打倒二十架，但欲望這種東西一想下去就會沒完沒了。

上升到高海拔之後，我再次俯瞰腳下的景色。

或許因為已是交戰過後，先前狹窄的視野似乎變得開闊許多。

腦中浮現出想像，我的五感正逐漸寄宿到了機體的細部。

「這就是托爾吉斯的特性吧。」

這種去適應機體的感受，是我第一次實際體驗到。

就連駕駛梅花J「里歐Ⅳ型」戰鬥的時候，也沒有過像這般的一體感受。

天堂已經是我的機體了。

我不想讓給任何人。

會讓人心生如此念頭，或許就是這架機體的優點吧。

比爾哥Ⅳ部隊再次運作之後，讓為數龐大的新星球守衛飄浮到空中，形成巨蛋形的防禦屏障，化為一道鐵壁以阻擋我方的攻擊。

內側變形的列隊則恢復成了原本正三角的Delta陣形。

還真是一板一眼啊。

也許這就是機械的特性，沒辦法忍受空出來的位置繼續從缺。

等間距重新排列之後，漂亮地再次形成了面積相同的正三角形。

真讓人忍不住想發牢騷：你們都沒從剛才的戰鬥中記取到任何教訓嗎？

我將操縱桿向左傾。

天堂呼應我的動作，大幅度地逆時針迴旋。

這次鎖定的目標是三角形左側的頂端。

在重力之下，陸戰專用ＭＤ的特徵，就是第一步動作一定從右腳開始踏出。

大概是開發者在設計程式時的設定吧。

要一面掌握周邊環境一面開始動作，會花費太多的演算處理時間。

因此若非碰上太過嚴重的異常狀況，都會依照程式採取行動。

ＭＤ原本就是為了在無任何障礙的宇宙空間戰鬥而開發的兵器。
所以這種方式也許為理所當然的捷徑。
可是只要能夠預測踏出第一步時腳尖的方向，也就能夠猜出接下來的動作了。
被預測到行動，對機動兵器而言就是致命傷。

——所以沒什麼好怕的！

腦中響起火星聯邦政府特別軍事顧問的聲音。
他是教導我如何駕駛ＭＳ戰鬥的老師。
四年前——ＭＣ１８年，他以私人教師的身分出現在我面前，徹底指導我關於戰鬥的基本功夫。
預測ＭＤ行動也是這個人所傳授。
後來我才知道，這位身為特別軍事顧問的教師名為「張五飛」，是地球圈統一國家的預防者的火星支部長，也曾經是鋼彈的駕駛員。
冥冥之中讓人感覺到某種緣分。

聽說我的母親以前隸屬於ＯＺ時，曾經在非洲的維多利亞湖基地和當時還是個少年兵的他交戰過。

此外，打倒這架天堂的雛型「托爾吉斯Ⅱ」駕駛員特列斯．克修里納達的，也是這號人物。

這樣的人為什麼會成為我的教師？我不清楚太深入的內情。

我想，調查火星聯邦內部一定才是他真正的任務吧。不知為何卻成為我的教師，而且在指導上也毫不馬虎。

——米爾……你都不說關於自己的事呢。

娜伊娜剛回到莉莉娜市的時候，曾經對我這麼說過。

——你是不說？還是說不出口？

我向來刻意避免將「心情」實際化為「言語」。

因為言語沒辦法正確表現出不安定的內心。

我自有生以來，就總是覺得自己欠缺了「某樣東西」。

而且甚至也不清楚，欠缺的那「某樣東西」究竟是什麼。

即使世間的矛盾就在眼前，也覺得那與自己無關，只是巧妙地隨波逐流。

——試著靠你自己的雙腳站起來！

彷彿可以聽見特別軍事顧問兼教師的怒吼。

當時我之所以那麼軟弱，或許就是因為沒有挺身面對這個世間。

無論遭遇何種場面，就只是善於逃避或躲藏。

認為只要安分守己，那麼自己也就會安全。

——攻擊才是最大的防禦！要是一直防守，你將會動彈不得！

——不要無謂地感到惋惜！兵器會損壞只是理所當然！

這些話至今仍深深烙印在我的內心。

以往的我，對於戰鬥總是感到猶豫。

受到內心的軟弱給玩弄。

對於舊式的機動兵器抱持特別的感情，不想讓它們純粹成為「殺人工具」。

自作多情地認為，那些存在世上的歲月比我更久的東西，有其特殊的意義。

就因為這種內心的迷惘，害得許多人喪失了性命。

全都是我的責任。
而現在我又對這架天堂抱持了相似的感情，我不禁反省。
現在的我並不再是一個人。
張五飛，有你陪著我一起戰鬥。

如今的我已不再猶豫。
與其毫無作為而後悔，不如挺身行動等待結果。
感覺戰場上特有的第六感，似乎在我體內甦醒。
如同往常，我總是很慢熱。
心情上的動力實在很難沸騰。
視野變得更開闊了。
肌膚開始感受得到高度、風向和氣壓。
我已經可以不去看駕駛艙裡計量器顯示的數值而戰鬥。
宇宙之心是「1·618033398」。

其實正確來說，這之後的數字還會無盡地持續下去。

費氏數列所描繪的，是逆時針逐漸拓展的螺旋。

我朝著Delta陣形的左尖端進攻。

急速下降的同時，天使之翼散播出「奈米守衛」。

然而同樣的手法，第二次卻不管用了。

比爾哥Ⅳ沒有停止活動。

回輸了儲存資料之後，那些機體大概執行了對抗奈米機械的程式而再次啟動。

幾乎數不清的光束步槍一齊朝我發射。

為了閃避，我讓可以說多到過剩的推進器噴射全力加速。

重力劇烈地朝我侵襲而來。

完全不顧忌乘坐在機體內的駕駛員肉體。

多虧了張五飛的訓練，我才得已忍受這種重力加速度。

我似乎也可以理解坐椅為什麼設計得太硬了。

要能夠耐震，還要能維持操縱姿勢，這樣的硬度剛剛好。

要是太軟或者再更硬的話，承受重力的重壓時，脊椎或肋骨恐怕會骨折吧。

天堂往逆時針的方向迂迴。

就如我所料想，比爾哥猜測目標會以順時針方向迂迴。

因此慢了零點幾秒才做出對應。

當它們將瞄準模式切換成針對逆時針了，這次我又改以順時針移動。

如此一來，它們對應的速度又更慢了一拍。

我就以這種方式持續閃躲光束步槍的砲火。

戰鬥的主導權在我手上。

像這種時候，要是比爾哥Ⅳ裡頭有駕駛員搭乘的話，在我改回順時針之後，反而會增加敵方的應對速度吧。

因為一般都習慣面對順時針方向。

但是機械卻難以針對這一點進行判斷。

接連開砲的光束步槍，波狀般砲火攻擊拉開了大幅度的間隔。

我穿梭在砲火的間隔之間，徐徐降低高度。

然後以多佛槍試射了一砲。

果不期然，被新星球守衛反彈開了。

由攻轉防的反應速度真令人嘉許。

但我真正的目標，其實是新星球守衛密布的上空。

剛才散播的奈米守衛在上空緩緩落下。

我在那當中混入了種類不同於前一次的奈米機械。

雖然對ＭＤ本身起不了作用，不過機能上卻會對電磁力場起反應，釀造出電氣的飽和狀態。

這是應用了白雪公主（Snow White）的「白箭」。

金色的微粒子吸附在新星球守衛上，一口氣封住了其防衛機能。

新星球守衛的電磁力場消失，甚至無法繼續維持飄浮。

比爾哥Ⅳ頭上的巨蛋狀防護罩，由頂部開了一個廣範圍的大洞。

失效的新星球守衛掉落地面。

我對準掉落處，以多佛槍用最大火力開砲。

激起一陣伴隨著閃光的大爆炸。

剛才那一擊應該至少也破壞了五六架比爾哥Ⅳ。

不給敵人猶豫的空檔，我和天堂飛入那個洞中，躍到躁動的比爾哥Ⅳ部隊的正中央。

多佛槍的能源已經所剩不多。

將多佛槍扣回肩膀，從左手的圓形盾牌內側抽出光劍。

「白刃戰第二回合開始。」

迎面而來的敵人都被我一刀兩斷。

配置密集的比爾哥Ⅳ幾乎還來不及反擊就被打倒，數量確實地逐漸減少。

排成Delta陣形，反倒成了它們的敗筆。

不善近身戰的比爾哥，完全沒思考是否會打到同伴，毫不猶豫便發射了光束步槍。

一面閃躲這些砲火，天堂連續做了幾圈逆時針的圓周運動形成螺旋。

這一連串的動作下來，成功讓十架到二十架比爾哥陷入無法再戰的狀態。

「差不多該收手了……」

交戰場地一旦變得開闊，將會有利於ＭＤ行動。

我和天堂再次垂直上升到高海拔的位置。

這場戰鬥不知能爭取到多少時間。

雖說比爾哥Ⅳ的數量已大幅削減，但完好無傷的機體仍然剩下三分之二。

而且這些還只是前鋒部隊，要塞巴別裡頭還留有七百架主力部隊。

就在這時——

正三角形的右側頂點竄起了巨大的火柱。

將監視器的畫面擴大，看到的是手持地獄之鐮，披著黑斗篷的「魔法師(Warlock)」；以及肩膀扛著巨大十字架型重機關砲，披著深綠色斗篷的「普羅米修斯」正在攻擊比爾哥Ⅳ的光景。

搭乘的駕駛員分別是迪歐．麥斯威爾和改稱為「無名氏」的特洛瓦．弗伯斯。

『喂喂！芬里爾大爺要通過啦！』

迪歐戲謔地說著，並發動猛烈攻勢。

雖然認同娜伊娜，但他的實力我卻難以判斷。

看似不顧前後地直線進攻，有時卻又狡猾地做出圓周運動玩弄對手。

總之就是個反覆無常，行動變化莫測的少年。

另一方面，無名氏弗伯斯就值得肯定了。

我很坦率地覺得這男人是個強者。

雖然他不會將內心的事說出口，但是都能以冷靜客觀的戰略性思考，將不在預測範圍內的事項全數排除，確實地提升戰果。

這次也是，使出了那麼激烈的攻擊手段，卻始終不發一語。

就連同樣被公認為沉默寡言的我，戰鬥時好歹也會有兩三句自言自語。

卡特莉奴似乎很擔心他，但連我也摸不透他的真正想法。

魔法師和普羅米修斯的作戰擊敗了將近十架比爾哥Ⅳ。

看起來像是近身戰和砲擊戰的相互配合成功奏效。

在獨特的節奏緩急下順利地進攻。

因為有了他們兩位的加入，我方的戰力一口氣倍增。

這都得感謝幫忙說服他們的W教授和T博士。

還有，對於以前曾經叫博士「老頭子」一事，將來也得找一天向他致歉才行。

他從那時起就再也沒和我說過話了。

我本來在考慮要不要和天堂趕去迪歐他們開戰的地點助勢。

但可不能將戰力全都集中於這場前哨戰。

在W教授他們搭乘的戰艦「北斗七星」駛入伊希地海灣之前，爭取時間就是我們的使命。

必須盡可能進行廣範圍攻擊，讓敵人將注意力集中在我們身上。

在Delta陣形的正三角形頂點，戰鬥再次展開。

那個地點就是我最初攻擊的地方。

此刻在那裡戰鬥的，則是舍赫拉查德和紅心女王。

駕駛員是卡特莉奴和娜伊娜。

紅色的連帽斗篷和閃耀著彩虹光輝的透明斗篷，就彷彿跳著圓舞曲般戰鬥。

娜伊娜的紅心女王將幾架比爾哥Ⅳ誘出列隊，卡特莉奴的舍赫拉查德馬上繞到背後，揮舞ＭＧ合金製的葉門雙刃彎刀，將那些機體肢解成四分五裂。

如此模式反覆進行了幾次，圓舞曲的拍子漸漸加速。

兩人搭擋時的配合良好，在前一次戰鬥中已經得到證實。

她們的機體不時地交替攻擊與防守、變換位置，持續將比爾哥Ⅳ玩弄於掌心。

就我的看法，比起駕駛普羅米修斯或者「黑桃國王」戰鬥，卡特莉奴駕駛舍赫拉查德戰鬥時更顯得美麗。

纖細而華麗的動作，讓人聯想到初次見面時的小提琴演奏。

由於她們和他們的活躍，比爾哥Ⅳ由最初的一百架減至半數五十架。

甚至讓人不禁猜想：若照著這股氣勢下去，搞不好能將前鋒部隊全數殲滅也說不定。

我和天堂在Delta的左側頂點繼續戰鬥。

單槍匹馬戰鬥似乎還是有其極限，沒辦法有效率地減少敵軍數量。

一面閃躲比爾哥Ⅳ光束步槍發射的砲火，一面等待不久後應該會前來與我匯合的「白雪公主」。

若是那個希洛・唯肯加入戰線，戰力就可望倍增到更勝過目前了。

我作好心理準備，決定耐心地繼續這場持久戰。

我確信前哨戰的勝利就在眼前。

然而事情並不如想像中順利——

W教授從戰艦「北斗七星」傳來通訊。

『進入伊希地海灣了……但是……』

聲音聽起來相當消沉。

『發生了緊急狀況……駕駛白雪公主的希洛並沒有前往你那裡。』

「這是為什麼？」

『無法判斷，連「宇宙之心」也看不穿他的行動。』

原來會有這種事？

『我想應該是去追莉莉娜總統了。』

W教授傷腦筋似的發表猜測。

去追莉莉娜總統？

看來是發生了連我也料想不到的事態。

『還有另一件事……最糟的情況發生了……』

天堂的搜敵反應向我告知危機。

有一架機體從移動要塞巴別出發，正以超高速接近。

從監視器上可以看出是紅與黑的雙頭龍。

錯不了。

那是以雙足飛龍形態飛行的「次代鋼彈」。

就連在這個時候，心情的切換也很重要。

比起煩惱莉莉娜總統和希洛·唯的事，現在更要緊的是想好該如何解決逼近眼前的危機。

萬一剩下的五十架比爾哥Ⅳ和鋼彈的「ＺＥＲＯ系統」進行連鎖，勝算將會十分渺茫。

截至目前的逆時針假動作，敵方也將能即時作出反應。

我打開通訊迴路。

「各位，聽我說，傑克斯特校的次代鋼彈馬上就要到了。」

『哦？主將一下子就上場了啊？』

從無線電傳來迪歐的聲音。

『那我可要痛快地玩一番！』

像這種時候，迪歐戲謔的語氣倒是很可靠。

『現在開始，一個人負責十架。』

無名氏弗伯斯機伶地表示。

若是這五架，似乎並非不可能。

但迫切的問題不在於比爾哥Ⅳ。

『問題是，要由誰去對付傑克斯的次代？』

率先提起的是卡特莉奴。

『交給我吧，我來！』

迪歐自信滿滿地大聲提議。

『卡特莉奴，只能交給妳了。』

無名氏卻冷冷地說。

就算她能夠讀取「宇宙之心」，但總不能讓她一個人去。

『王子殿下會樂意協助吧？』

無名氏如此稱呼我。

總覺得不太能夠釋懷。

當然，若論幫忙我是再所不辭，但以這種形式被讓而得到搭檔的位置，我沒辦法心服口服。

「這個任務，無名氏你負責不了嗎？」

『倒不是……但我也沒有打算參與角逐。』

『要去對付傑克斯的，是米爾的老師。』

娜伊娜道出一句意外之言。

我會稱為老師的只有一個人。

預防者的火星支部長——張五飛。

他從北方的烏托邦海，搭乘長距離高速氣墊艇「ＶＯＹＡＧＥ」登陸伊希地平原。

在那ＭＳ機庫的出動閘門，站著一架雙臂交抱的純白色機體。

「白色次代鋼彈」。

這是我第一次見到那架機體。

一想到張五飛坐在那上面，就不禁感到內心發熱——

MC檔案6（中篇）

「白色次代鋼彈」。

這是我第一次見到那架機體。

一想到張五飛坐在那上面，就不禁感到內心發熱。

他似乎稱呼那架機體為「哪吒」。聽說那是他已故愛妻的自稱，我並沒有詳細追問。

但如此一來，伊希地平原的前哨戰將迎向新的局面。

冰冷的風於大地呼嘯，更增添了空氣之間的緊張氛圍。

側控制架收到了「ＶＯＹＡＧＥ」透過加密線路傳來的加密訊息。

顯示出的發訊人是預防者的「凱西」。

解除最高級的保全，解讀訊息——

『所有機體撤退。正在展開作戰的拉納格林殘存兵力，將全數由火星支部長殲滅』。

——內容如此表示。

「咦……？」

連我也不禁大吃一驚。

換句話說，這場戰鬥中，傑克斯上級特校駕駛的「次代」，以及剩餘的五十架「比爾哥Ⅳ」，全都將交由「張老師」獨自應付。

還是老樣子充滿自信啊——我老實地心想。

——別無謂地插手……要是不想被波及的話。

總覺得，似乎能聽見張五飛用充滿知性而冷靜的聲音這麼說。

聽說次代這種機體是決鬥專用的ＭＳ。

同時還能夠進行大規模數量的破壞，這我也知道。

而且張五飛還擁有能夠加以實現這些的技術與鬥志，這一點我也非常清楚。看樣子只好死心了。

他打算將自己以外的存在，全都視為敵人加以殲滅。

「是是是～」我在心中如此嘆息著回應。這是我的老習慣了。

結果腦中就彷彿聽見過去的老師怒斥「『是』說一遍就好了！」的聲音。要是那個人想這麼做，就最好不要隨便違逆他。

接著，W教授傳來通訊。

『這裡是「北斗七星」……我們遵從預防者火星支部長的指示。』

小巧的導航畫面上顯示出再次集合的地點。

「這裡是『天堂』……明白了。」

戰果已經十足了。

不必急於在此立功。

我自戰場脫離。

娜伊娜和卡特莉奴也跟我一樣開始撤退。只有迪歐一個人，直到最後都還在抵抗。

『開什麼玩笑！為何非得將主將的位置讓給那種老頭子不可！』

『先走一步了，狗狗。』

無名氏如此說著，發動「普羅米修斯」離去。

『怎麼連你都這樣！我們根本沒流到什麼汗吧？』

『哦……我都不曉得你偷懶，我已經付出了十足甚至過多的勞力呢。』

『嘖，居然一派風涼地講這種話……我可是還能繼續啊！』

但是迪歐看見「哪吒」已經迅速變形成「三頭翼龍」，飛到Delta陣形的比爾哥部隊上空高速盤旋，似乎理解到張五飛根本不打算聽自己說話，於是也喃喃抱怨著開始撤退。

就算是迪歐，見到那種勇猛的氣勢也不得不被震懾。

分別部署在三角形頂點的比爾哥部隊，理所當然開始追擊撤退的我們。

由於撤退的時間點不同，因此比爾哥的陣形也大幅崩潰。

密集在Delta中央上空的新星球守衛也因此稍微拉開了間隔。「白色次代」不可能錯失這個機會。

「三頭翼龍」穿梭在新星球守衛的空隙之間，筆直降落。

一面降低高度一面開始變形，變回MS形態的同時，大幅度揮舞三叉長矛「光束三叉戟」。

來不及逃開的比爾哥就此被斬裂。

「白色次代」才剛降臨大地，周圍的平原便燃燒成一片火紅。

發生了驚人的震動。

地面劃開了幾道龜裂。

伴隨著喀啦喀啦的轟響，無數的巨岩飄浮在空中。

看上去名副其實宛如鬥神「哪吒」降臨大地。

浮上空中的瓦礫和岩石吸引了幾個新星球守衛，就這麼帶著它們摔落地面同歸於盡。

不清楚是什麼樣的作用才造成了此種狀況。

或許是利用了安裝於腿部的超電磁共振波，不過這終究只是我的猜測。

地面的龜裂更加蔓延，使得比爾哥部隊無法紮實地立足。

MD的自動平衡機能全力運作，攻防的應對於是變得遲緩。

結果它們各自開始後退，難以再繼續維持Delta陣形。

新星球守衛原本微小的間隙，就此以「白色次代」為中心開始擴大。

裝備於右臂的神龍鉗緊接著連續發射出好幾發猛烈的能源彈。

前方中彈的比爾哥接二連三被爆炸的火焰吞噬。

速度快得令它們來不及展開各自的新星球守衛。

這波壓倒性的猛攻和目不暇給的速攻，我至今從未在任何戰場上見過。

——單槍匹馬闖入敵陣時，首當衝進敵方部隊的正中央將四周加以掃蕩……這是成效最佳的戰法。

過去張五飛曾經如此指導我，而我也親身實踐。我先前發動的攻擊也是同樣的概念，但不管是論破壞力、速度或滅敵數，規模完全不同。果然還是比不過老師。在他眼裡，我大概還是不及格吧。

「白色次代」彷彿龍捲風般，以猛烈的順時針迴旋粉碎周遭的比爾哥。數量大概不下十幾架。

陣形的中央三兩下就被掃蕩成了寬敞的決戰場地。

神龍鉗的光束加農砲發出斷斷續續的閃光，射向四面八方。
張五飛是企圖將傑克斯特校引到這個地點。
在這種嚴酷的戰場上，「決鬥」這種概念似乎有些孩子氣。
但是無論面對何種戰鬥都要賭上「自身的存在意義」，這種落伍的感覺的確很有他的風格。
傑克斯特校的次代彷彿回應他的意圖，降落在中央的決戰場地。
雙方對峙時拉開的空間，是ＭＳ獨特的備戰距離。
保留這樣的空間，無論是要轉為防守或進攻都來得及應對。
只不過，對峙的時間似乎有點太久了。
監視器畫面上映出的白與紅兩架次代，就只是彼此互瞪著對方。
我脫離戰線已經過了三百秒以上，但雙方的劍仍未相交。
而且包圍在四周的比爾哥部隊也都仍維持著靜止狀態。
那真是非常奇妙的光景。
敵我雙方主將在士兵包圍的正中央按兵不動地互瞪，給人彷彿古羅馬時代的角鬥士或中世紀騎士的印象。

正當我感到訝異時，通訊機傳來娜伊娜的聲音。

『那是持有ＺＥＲＯ系統的雙方在爭奪ＭＤ的指揮權……』

比爾哥Ⅳ的遠端操作和自動操作系統若是被「ＺＥＲＯ」駭入的話，指揮權就會被奪走。

大概是預防者獨自開發了對抗駭客用軟體，安裝在「白色次代」的身上。察覺到這件事，傑克斯的「次代」瞬間開發出了更高一籌的軟體加以對抗。

這跟火星聯邦和拉納格林共和國在這將近一年之間，不斷持續改寫軟體的過分競爭一樣。

而如今，張五飛和傑克斯特校卻打算在現場不到幾分鐘的時間內上演這件事。

剩下的比爾哥有三十架。再加上雙方的次代，總共三十二架。

會是一對三十一，還是十六對十六？不管怎樣都將會大幅影響到戰局。比爾哥Ⅳ臉部的識別信號不斷反覆著令人眼花撩亂的閃爍。

目前的狀況可比喻為下西洋棋時，序盤配置棋子的階段。

若是各十六架，就正好和西洋棋子數相同了。

但要到什麼程度雙方才能爭出個了斷，這我就無法得知了。

比起這些更令我吃驚的是，沒想到那個張五飛打從最初就使用了「ＺＥＲＯ系統」。一段時間不見，他的心境究竟起了何種變化？若是在從前，不管面對哪一種場合，他都只會靠自己的力量戰鬥，他就是這樣的人。

不，這也就代表他和機體同化，認同了「ＺＥＲＯ系統」的能力。這樣想或許比較自然吧。

不去執著於無聊的虛榮或無謂地賭氣，冷靜判斷眼前的戰鬥，企圖營造出均衡的戰力差距，如此的心態反倒更像個老師。

過去他曾經教過我：「兵器就是要用來戰鬥才叫兵器。若是無法將其能力充分發揮，就只有死路一條。」

我不禁擅自認定，他是想要在我眼前親身實踐這件事。

自戰場脫離之後經過了數分鐘，戰鬥開始了。

從這架「天堂托爾吉斯」的監視器畫面上，已無法判斷出哪些是哪邊的陣營，哪一方具有優勢了。

夜已漆黑，遠距離的暗視瞄準鏡也有其極限。

即使如此，還是可以看出白與紅兩架次代依舊不為所動地彼此互瞪。

如此看來，真正的勝負大該要等到比爾哥Ⅳ的數量減至更少後才會開始吧。

如果是這樣，我們將比爾哥部隊的戰力縮減到半數的作戰就不是白費了。若面對的是一百架，這樣的戰法會造成反效果。

要是掉入無謂的長期戰，相較於傑克斯特校，血肉之軀的張五飛反而會陷入不利，這是再清楚不過的事。

換言之，可以評斷我們當初的任務——擾亂敵方前鋒部隊的作戰是以成功告終。

我加緊速度趕往集合地點。

集合地點是停泊在伊希地海灣的戰艦「北斗七星」。

在我前往那裡的途中，一種奇妙的感覺油然而生。

這個戰場，現在正受到某個人的支配。

我感覺到了某種近似於意圖的存在。

這個想法來得很突然。

那不是拉納格林共和國的傑克斯特校，也不是預防者的火星支部長張五飛。

更不是能感受到「宇宙之心」的卡特莉奴或W教授。

明明想像不出任何一個符合的人物，卻一直有這種感覺。

一瞬間，我不禁懷疑這會不會純粹是自己多心。

但是同樣在回返途中的卡特莉奴所說的一句話，使我的懷疑轉變成確信。

『好奇怪……感覺好像從剛才就一直有人在監視。』

「是宇宙之心嗎？」我問道。卡特莉奴回答：『感覺和那不一樣……』

若她也同樣有這種感覺，應該就錯不了。

搞不好，那就是傳說中住在火星上的「戰神」也說不定。

又或許是充滿惡意的歷史。

我和「天堂托爾吉斯」回到「北斗七星」時，娜伊娜的「紅心女王」和卡特莉奴的「舍赫拉查德」早已先一步抵達，正準備前往機庫。

幾分鐘後，迪歐的「魔法師」和無名氏的「普羅米修斯」也抵達了。

在這些機體當中，就屬我的「天堂托爾吉斯」受損最嚴重。

多佛槍的能源已耗盡，奈米守衛也幾乎用罄。

ＭＳ的機庫空出了一個位置。

希洛·唯搭乘的「白雪公主」尚未返回。

聲稱沒留半滴汗的迪歐以及無名氏走向淋浴間。

兩人似乎還在爭論些什麼。

雖然幾乎只有聽見迪歐的聲音。

我和娜伊娜、卡特莉奴一起進入艦橋。

在那裡，凱瑟琳以笑容迎接我們。

「你們都平安歸還，真是太好了。」

「嗯，算是有驚無險……」

我忽然將視線轉向艦長席的方向，看見椅子上正雙手抱胸的T博士的背影。

「…………」

他還是老樣子一臉不悅，甚至不回頭看一下我的方向。

就算是背影，也能感覺到沉悶憤怒的氣氛。

正面的大畫面監視器上，照出了監視衛星拍到的影像。

可以看見「哪吒」正在伊希地平原上奮鬥。

沒有聲音。

T博士一直在觀戰。

不曉得張五飛讓多少架比爾哥變成了同伴。

戰況是否朝有利的方向發展？

但這些事情輪不著我擔心。

不管那個人面臨何種困境，都一定會掌握勝利。

他一定會大聲怒斥：「我可沒有落魄到，需要你這種傢伙來操心！」

有好半晌，我就這麼望著那面監視器影像。

可是畫面上混著雜訊，而且非常昏暗，幾乎無法看清照出的地點發生了什麼事。

我側目看了T博士一眼。

從他細微的眼神動作來看，應該完全掌握著這場戰況吧。我不禁心生佩服。

可是──

「……」

我沉默不語。

氣氛很尷尬。

雖然想向T博士道歉，但如今重提舊帳也感覺像在自掘墳墓，於是我沒有出聲叫他。

我不發一語地從艦長席旁離開。

然後思考著關於自己感覺到的視線。

那種被人監視的感覺，會是這個監視衛星的影像嗎？

雖然不清楚，但總覺得不太一樣。

那是一種被人從更遠，從幾千萬公里遠的地方觀察的感覺。

艦橋的深處，W教授正在和什麼人對話。

對方是有著金色及腰長髮的年輕女性。

她身上穿著紅色的西裝式女校制服。

我曾在舊照片中看過那套衣服。

那是山克王國的匹斯克拉福特學園的制服。

「你錯了，卡特爾．溫拿。」

「錯的人是妳，桃樂絲。」

也被稱作新鈦合金女的桃樂絲．T．卡塔羅尼亞總統，應該還要更年長才對。

這麼說來，也就是——

「就算我是立體影像，直呼名字也太沒禮貌了……」

「抱歉，總統閣下。但能不能請妳別以這種容貌出現……會讓我忍不住用以前的口氣說話。」

「我要選擇哪種時代、哪種容貌是我的自由。」

W教授察覺到我們的氣息，操作手上的小型遙控器將「桃樂絲」暫停，轉身看向我們。

「嗨……回來得真早。」

「教授，那個是……？不，那位是……？」

我有些困擾，不知該說那是靜止影像，還是氣質高貴的少女。

「是地球圈傳來的立體影像程式。不久前，預防者火星支部的凱西．鮑准校剛送來的。」

說是立體影像，會是和拉納格林共和國的傑克斯特校相同的程式嗎？

虛擬眼鏡也是，最近地球圈的科技進展真教人瞠目結舌。

「預防者這個組織就特性上來說，只會接受負責到的指令，並不會進一步去揣測高層的意圖或者進行政治上的判斷……但是這麼一來，就沒辦法應對每日時時刻刻的情勢變化。」

W教授語氣平淡地繼續解釋：

「而且火星和地球之間的距離實在太過遙遠，不是嗎？萬一發生緊急事態還必須一一等候地球圈的指示，不就動彈不得、束手無策了？但也總不能將這一切的判斷全都丟給火星支部長『張老師』負責。」

無法和地球圈進行即時對話。

我理解了。

那種被人從遠處觀察的感覺。

近的時候是從五千六百萬公里到一億公里，最遠則約四億公里。

那是以橢圓形軌道公轉的地球，與火星之間的距離。

若我的直覺無誤，支配那片戰場的，就是地球圈。

「所以才送來了這個將桃樂絲總統的人格，以描繪記憶的方式製成的『AI』立體影像。」

重新面向暫停的「桃樂絲」，教授苦笑。

「可是無論思考或個性，都跟真正的她如出一轍，所以有點難應付……」

教授搔了搔頭，操作小型遙控器，解除暫停。

再次動作起來的「桃樂絲」一看到我的臉，稍微露出驚訝的表情，隨即理解似的露出溫柔微笑。

然而她的視線中卻帶著壓迫感，明明是少女的面容也隱約散發著威嚴。

「不過對於目前的狀況或政治分析都是最新的，所以能夠判斷出地球圈現階段的打算……雖然和『ＺＥＲＯ系統』相比就會顯得微不足道啦。」

「卡特爾．溫拿……」

立體影像程式的「桃樂絲」一臉不滿。

「我的演算系統可是遠遠勝過『ＺＥＲＯ』，請你別將我和那種東西相提並論。」

那高傲的自尊心，實在不讓人覺得她是「ＡＩ」。

「你看吧……」

Ｗ教授注意到走來我身後的卡特莉奴和娜伊娜，並繼續說：

「比方說，我們預防者火星支部的人員，在沒有地球圈本部命令的情況下加入了聯邦軍這一方。像這種時候，就能知道桃樂絲總統的看法了。」

「您怎麼認為呢？」

卡特莉奴詢問。

「請務必告訴我們。」

娜伊娜似乎也很感興趣。

「問問她本人吧。」

W教授問「桃樂絲」：

「總統閣下……剛才我也請示過了，我們現正加入了聯邦這一方——」

「真是太荒謬了！你們把中立而且公正的地球圈統一國家當成什麼了？地球圈的預防者怎麼可以介入紛爭？更別提加入其中一方，我絕對不允許這種事情。」

「這是對外公開的發言嗎？」

W教授向她確認，「桃樂絲」平淡地表示肯定。

「沒錯。」

我們全都倒吸一口氣。

她的表情似乎變得冰冷起來。

「桃樂絲」將視線射向卡特莉奴和W教授，彷彿要將他們貫穿似的。

「可以換我問問題嗎？」

「請說。」

「你們為什麼加入了聯邦這邊？」

「因為我認為火星聯邦的總統莉莉娜小姐才是正確的。」

卡特莉奴一這麼回答，「桃樂絲」立即加以否定。

「正確與否，事到如今不是討論的重點。我換個問法吧。預防者原本的使命以及活動內容是什麼？」

卡特莉奴立刻就明白了詢問的意圖。

「是為了防範戰爭於未然，根絕諜報活動和武裝勢力。」

「一點也沒錯。而本次發動的『神話作戰』，目的為的就是要早期終結火星南北戰爭才對。」

我現在才得知，原來這場戰爭被地球圈稱為「火星南北戰爭」。

聯邦內的報導總是稱呼為「火星內戰（Mars Civil War）」，或者有時單純稱為「拉納格林紛爭」。

過去我曾經頂撞過T博士，說「你們什麼也不懂」。

但什麼都不懂的人，或許是我。

「桃樂絲」只針對在場的兩名預防者——卡特莉奴和W教授對話。

「當第二任總統莉莉娜．匹斯克拉福特表明非武裝、非暴力立場的時刻起，火星聯邦政府的命運就已經註定。若非你們擅自行動，這場戰爭應該早就結束了。」

「可是這樣一來，莉莉娜小姐就會被殺掉！」

「沒錯，這樣就夠了！我的摯友莉莉娜應該要成為『和平』的殉教者，像一朵清純、華麗而美麗的白薔薇般凋落。民眾看見她的模樣，將會打從心底開始期求『和平』。」

「怎……怎麼這樣……」

我不禁緊抿雙唇。

真是謬論。

真正的桃樂絲總統也是這種想法嗎？

「桃樂絲」似乎從我的表情中看出想法，一改先前的語氣。

「那麼，若是這場戰爭繼續像這樣持續下去，將會變得如何，你們知道嗎？不是推演最終的勝敗，而是對於環境及人命的影響。」

「將會有許多的人事物受害。」

我不得不說出這再清楚不過的答案。

「桃樂絲」語氣宛如演講般開始說道：

「使用無人兵器為主流的火星南北戰爭，或許已大幅降低了士兵的喪命人數。但是，會對環境造成破壞仍是無庸置疑的事。而且影響不僅限於火星。這場戰爭越是繼續拖長下去，武器的需求增加，將會使得地球圈好不容易衰落的軍需產業再次復甦。火星獨自的軍需產業也將會逐步發展。經濟就是成立在需求與供給之上，因此這是理所當然的事。一旦事情演變至此，人類將再次踏上戰爭的歷史輪迴。這十幾年來我們的努力將會全部化為烏有，都是因為你們！」

我和卡特莉奴都無話可答。

「讓戰爭在早期做出了斷，這是最優先的事項。哪一方是『正義』，這種事並不該由我們決定。若無論如何都需要大義名分，那麼就該抱著長遠的眼光去看待。考慮到將來，為了讓全人類迴避戰爭，就應該暗殺莉莉娜·匹斯克拉福特，消滅北部火星聯邦，這才更配稱為正義。」

卡特莉奴慎選著言詞說道：

「換句話說，我們預防者應該幫助的是——」

「當然是以拉納格林共和國為代表的火星南部聯合國。傑克斯·馬吉斯特校當初雖然主張『打破地球圈的支配』，但現在則改為尋求『回歸地球圈』。幾個月前，我們統一國家政府也已經對此加以承認了。而另一方面，北部火星聯邦卻還在主張『自地球圈獨立』。如此一來，哪一邊才是地球圈的敵對勢力不言自明。我們會負責選出戰後的新任火星總統以及火星重建（Mars Reconstruction），所以敬請放心——」

這次換娜伊娜無法忍氣吞聲了。

「可是，那個傑克斯是立體影像。」

「現在的我也是立體影像，但我的主張有錯嗎？」

「但是你們兩位都沒有靈魂。」

「我不打算在此爭論宗教或哲學，但若判斷的基準只在於『靈魂』的有無，那些違法偷渡火星的罪犯恐怕每個都會好過傑克斯特校。」

雖然是很極端的比喻，但或許還是高度科技的程式比較適合成為政治家。

「若要否定並非血肉之軀的人類，那麼妳又是如何呢，卡特莉奴？就算是有機生命，但終究是由『試管』所誕生，和以人工方式存在的傑克斯特校沒有什麼太大差別吧？」

我覺得「桃樂絲」在故意挑釁我們。

這種時候，必須保持冷靜才行。

我看向身旁，卡特莉奴低著頭。

嬌小的肩膀不住地顫抖。

我突然很想大喊：「才沒有那回事！」

但娜伊娜制止了我的發言，她表示：

「若傑克斯特校是次代和天秤號所殘留下來的意識，那麼他的思考會非常危險。天秤號過去曾經試圖肅清人類。」

「那是你們的父親米利亞爾特・匹斯克拉福特的企圖。若要讓我再多說一點，過去的我也同意他的這項行動。」

娜伊娜啞口無言。

她的弱點就是一聽人提到父親的名字，不知為何就會變得怯懦。

「桃樂絲」說道：

「或許過去我曾是個危險的存在，但現在的我卻維持著地球圈的和平。我會成長也會改變。人工智能也同樣能經過學習而成為更優良的存在。『ＡＩ』可是比你們想像得還要更具備『感情』。」

聽了這番話，娜伊娜悲傷地反駁。

但已經不再如先前那般冷靜：

「要是我們敗北，一切就都完了不是嗎？莉莉娜大人的理想將會被傑克斯・馬吉斯的獨裁政治踐踏，不是嗎？」

「只要你們心中抱有『完全和平』的理想，總有一天就會實現吧。我覺得這樣就夠了。試著相信傑克斯特校如何？」

卡特莉奴和娜伊娜都不發一語。

太不負責任了。這真是歪理。

若只談可能性，那麼再怎麼大放厥詞都可以不是嗎？

而且我——

我認為和平是要靠自己的力量去爭取。

未來要靠自己去決定。

——張五飛是這樣教導我的。

「桃樂絲」臉上再次恢復微笑，半帶著嘆息般說：

「再者，莉莉娜那個『完全和平』的理想，真是她所期望的嗎？」

這句話來得很意外。

這豈不是要將至今的一切全都抹煞嗎？

「莉莉娜就任火星聯邦第二屆總統時，她曾對我說過『希望希洛快點來殺我』

……她的心情看起來不像是虛假。但這不是很奇怪嗎？一方面向人們昭示理想，另一方面自己卻想尋死。若是真正的理想，為何不打算貫徹到最後？不就是因為她真正的想法裡，早就察覺到『完全和平』的極限了嗎？」

「那……那是……」

我插嘴：

「因為莉莉娜總統尚未看過『匹斯克拉福特檔案』。現在的她，已經不再有那種想法了。」

「你為何能如此斷言？我聽說莉莉娜目前下落不明吧？」

「……」

人的心情是沒辦法如此簡單就去釐清。

既會迷惘，也會動搖。

我的內心還是想要相信莉莉娜總統。

但一時之間找不出適當的說法。

「所以前輩（希洛）去找她了不是嗎？」

背後突然有聲音插話。

回頭一看，站在那裡的迪歐正大口吃著番茄三明治。

「無名氏，這個老太婆一點也不懂嘛。」

在他身旁的，則是啃著蘋果的無名氏。

「別太強人所難了……她畢竟只是機械。」

「桃樂絲」生氣地狠狠回瞪他們。

「給我閉嘴。你們若也是預防者的一員，就該對我表現出敬意。」

「哈，笑死人了……」

「妳有辦法證明自己不是被傑克斯的『ZERO』竄改的假程式嗎？」

「桃樂絲」一時無法反駁。

因為不具備能夠肯定自身存在的「靈魂」。

「傑克斯根本不能信任……這傢伙不但能心平氣和地殺人，還會理所當然似的撒謊。」

沒錯。

那個傑克斯以捏造的影像，讓拉納格林共和國的人誤以為他是真實的存在。

「再說，傑克斯他不會死不是嗎……不明白死是怎麼一回事的人，要我們怎麼相信他？」

「那邊那個口不擇言的女人也不會死吧？」

無名氏將吃完的蘋果核隨意一扔。

蘋果核穿透「桃樂絲」的額頭，在牆壁留下一小塊汙漬後滾落地面。

「真正的地球圈統一國家總統也一樣，只是待在安全的地方發號施令而已。」

「桃樂絲」沉默不語。

「我們是在打仗。對死亡沒有覺悟的傢伙的意見，我們才不聽。」

無名氏溫柔地對卡特莉奴說：

「別在意，卡特莉奴。根據我過來人的經驗，無法暗殺的總統對恐怖分子來說，才是麻煩至極的存在。」

這根本達不到安慰效果嘛。不過卡特莉奴坦率地點頭回應。

「嗯……嗯。」

真有點意外。

我還是第一次看見無名氏如此多話，也是第一次看見氣勢如此低落的卡特莉奴。

我沒辦法做出像他那樣子的安慰。

迪歐舔掉沾在手指上的美乃滋和芥末醬，之後開口說：

「要是讓傑克斯進行獨裁政治，很可能會永遠就那樣持續下去。」

或許具備感情的傑克斯會有所改變，但也很可能一成不變。不，後者的可能性非常高。

「還有啊，妳剛才說的違法偷渡火星的罪犯，我也有想到一個人……」

他咧嘴裝出可愛的笑容。

「若是火星要再選總統，比起傑克斯，我寧可投我那沒出息的臭老爸一票。」

法外之徒——麥斯威爾神父。

娜伊娜輕笑出聲。我曾聽說神父是她從少女時代就仰慕的人。

如果那個人出來競選，我大概也會投他一票。

截至剛才瀰漫的沉悶空氣倏然一變。

W教授確認此事之後，滿意地微笑著將「桃樂絲」暫停，關掉她的影像。

「度過了一段有意義的時間呢。卡特莉奴，如此一來就決定我們的前進方向了。」

「怎麼回事，哥哥？」

「我們要和地球圈分道揚鑣，也要退出預防者，獨自參加戰鬥。」

至今都在艦長席上不發一語的T博士站起身。

正面的監視器上，戰鬥似乎還在持續。

「我也同意。但是五飛會接受嗎？」

「我們原本就是臨時職員，大概沒問題吧。」

凱瑟琳說道：

「我從一開始就是無所屬。對吧，無名氏？」

「是啊……」

「怎樣都好啦，但等一下要把蘋果核和牆上的汙漬清乾淨喔。」

「……知道了。」

無名氏真像一隻被馴服的猛獸。

不過我也不能取笑他。

看準時機，我出聲叫住T博士。

「那……那個……博士。」

我擠出渾身的勇氣說：

「我以前曾經失言冒犯，請讓我收回那些話。」

「哼，那件事啊……不必在意，我沒有你想得那麼脆弱。」

不許再有第二次——他瞪著我，眼神彷彿如此訴說。

充滿了某種不同於張五飛的魄力。

我立即轉向監視器詢問：

「戰況怎麼樣了？」

「五飛居於劣勢……起初是十六對十六，勢均力敵，但現在變成八對十三了。

而且興奮劑的藥效也差不多快沒了。」

「那我們得去幫忙才行！」

「我們已經不是預防者了。剛才不是這麼決定了嗎？」

「可是……」

「因此現在宣布你們的新任務。」

W教授這句話吸引了大家的注目。

「自即刻起，戰艦『北斗七星』將強行闖入移動要塞『巴別』，破壞比爾哥Ⅳ的指揮系統以及傑克斯．馬吉斯上級特校的『ＺＥＲＯ系統』。」

「好戲終於要正式上場了，就是要這樣嘛！」

迪歐甩動長辮子說道。

無名氏拿著拖把，一邊清理地板一邊說：

「沒有異議。」

以結果而言，若是作戰成功，也算是在幫忙張五飛。

娜伊娜的心情似乎也和我一樣，她立刻就同意了。

「明白了。」

「哥哥，關於希洛．唯和莉莉娜小姐……」

卡特莉奴似乎感應到了「宇宙之心」，向W教授尋求判斷。

「嗯，大概錯不了……他們兩人都已經在『巴別』裡了。」

——希洛正於暗夜中疾駛——

時間是深夜又三十七分三十五秒。

我們的下一個作戰開始。

MC檔案6（下篇）

深夜又47minutes

——火星的夜晚在哭泣——

被稱作冰結的淚滴的火星第二衛星「戴摩斯」自天空落下，消失在西方的地平線。

逆向橫切而過的第一衛星「弗伯斯」，則被厚厚的雲層遮住而不見蹤影。

在戰艦「北斗七星」的機庫裡，正替「天堂托爾吉斯」進行最後整備的我，從身旁的小窗戶眺望這幅風景。

再過不久，將會自夜空中飄落粉雪。

下一個作戰即將開始，已經過了許久的時間。

出擊之前，W教授表示：

「這次的戰爭，應該將可以比喻為火星上的『蓋茨堡戰役』吧。」

蓋茨堡是美國的南北戰爭時，戰況最激烈的地點。而這場戰鬥也是勝敗的轉捩點。

「就某層意義而言，『桃樂絲』所言正確無誤。必須盡早終結這場戰爭才行，這是杜絕軍需產業復甦的最佳辦法。」

期望戰爭早期終結，而且是以勝利收場。不如說，對我們而言絕不容許失敗。

這當然並非易事。

需要抱定覺悟。

但我們此刻若堅守不住，人類的未來將會淪落為「支配」下的「廉價和平」。

無名氏坐進「普羅米修斯」的駕駛艙時這麼說：

「那最好就不要叫作『蓋茨堡戰役』。」

「說得也是……」

W教授馬上同意並訂正。

「不可以讓『火星南北戰爭』這種誇張的稱呼被寫進火星的歷史裡。」

站在我背後的娜伊娜和卡特莉奴正憂心忡忡地對話。

「幾乎沒有多出來的武器彈藥和奈米粒子了。這次的出擊，大概會用盡所有的庫存吧。」

「收容在那座要塞裡的MD，光是能夠預估的就有七百架以上，然而我們的物資卻壓倒性不足。看來這次一定也會是場艱辛的戰鬥。」

卡特莉奴如此說著，眼鏡後的那雙美麗瞳仁看似正在搖曳。

難得看她如此毫不掩飾不安。

但無論在場的哪一個人，恐怕內心深處都有著和她相同的心情。

W教授策劃的作戰是讓戰艦「北斗七星」對要塞「巴別」發動奇襲特攻，由內部加以破壞。

他估計，若戰鬥是在要塞內部展開，就算我們人數稀少也能夠成功鎮壓。

問題在於連結MD指揮系統和「ZERO系統」的主電腦位於何處，這一點我們還無法得知。

我們必須在戰鬥中找出主電腦的所在位置，將迴路切斷才行。

這作戰或許真的很有勇無謀。

不曉得我們當中能有幾個人存活下來。

萬一失敗，就會變成淪為後世笑柄的失控行動了。

「但總不能因此就逃跑吧！」

迪歐一面進行著「魔法師」駕駛艙的檢查作業，一面大聲這麼說。

「不是因為辛苦才想要逃跑，而是逃跑的話才會更加辛苦！」

雖然是很奇特的說法，但似乎拭去了瀰漫現場的凝重氣氛。

「一點也沒錯。」

我笑著點頭。

總覺得獲得了勇氣。

以這種破天荒的方式挺身對抗，不可以覺得是件可恥的事。

應該要引以為傲地抬起頭，正面挑戰聳立於眼前的高牆才行——

深夜減33minutes

持續掩飾自己的真心，這種事情真的有可能辦到嗎？

希洛捫心自問。過去他曾被教過「要依照自己的感情而活」，但他卻極少加以實踐。

裝備著斗篷的「白雪公主」展開背後的白色羽翼，飛翔來到高海拔的平流層。

希洛意識著「Counter Strike」，也就是所謂的「反抗作戰」。

他正在昏暗的駕駛艙裡，對著控制架的鍵盤設定巨型步槍的瞄準目標數值。

當移動要塞巴別為了攻略埃律西昂島，侵略到伊希地平原時，就是對這座要塞的直接攻擊最能生效的時刻——「白雪公主」的「ＺＥＲＯ系統」如此判斷。

希洛採用了這項提議。

但他沒有對任何人提過這件事。

包含W教授在內的所有預防者，他幾乎全都不信任。當然火星聯邦就更不值得信賴了，因此怎麼可能告訴他們。最後希洛決定獨自進行「反抗作戰」。

他只有在坐進「白雪公主」之前，到醫療機構的病房對昏迷中的米利亞爾特·匹斯克拉福特打了聲招呼。

「……我要出擊了……」

一個星期前，米利亞爾特僅憑著一架「天堂托爾吉斯」攻擊要塞巴別，然後身負重傷回到莉莉娜市。

他自那時起就未曾再恢復意識，未曾再與任何人交談過了。

對希洛而言，米利亞爾特過去曾是他的好敵手，與他的重逢具有深厚的意義。

「為什麼你還在戰鬥？」

理應已死的這個男人，以個人的意志介入了火星的紛爭。

操縱「天堂托爾吉斯」的雖然是「昔蘭尼之風」，但坐在那駕駛艙裡的又是「誰」呢？

希洛思索著。

這句話可以換成另一種講法——「他」是否抱持著什麼動機？他內心深處的「行動原理」究竟是什麼？希洛想問的是這個。

是利用自己名字的男人當上了火星聯邦首任總統，使他感到屈辱嗎？

昔日自己的殘存意識，以自己的另一個名字「傑克斯．馬吉斯」自稱，作為拉納格林共和國的代表宣戰，使得火星化為戰爭星球——是覺得自己該對這件事情負責嗎？

又或者純粹只是想要保護莉莉娜、諾茵、娜伊娜和米爾這些家人？

「不對吧……」

希洛想起自己的立場向來都與「和平」沾不上邊，喃喃說道：

「我和你都一樣，只能活在戰場上。」

大概就只是因為這樣。

希洛離開米利亞爾特的病房，然後出擊。

「白雪公主」將巨型步槍對準了要塞「巴別」。

雖然白色羽翼大大地張開，但從這接近平流層的高度狙擊，被敵人察覺的可能性很低。

準星的目標是連結正十二面體各區塊的中心核，兩處融合爐發電部。

只要攻擊那裡，要塞巴別就會停止前進，「比爾哥Ⅳ」和「次代鋼彈」的支援機能理應會被破壞。

「瞄準目標……」

希洛毫不猶豫地扣下扳機。

伴隨驚人的閃光，巨型步槍射出光束。

光束確實貫穿了要塞巴別的中心核區。

第一發的能源彈匣彈出，第二發填裝完畢。

駕駛艙裡，希洛一邊在瞄準監視器選擇下一個目標，一邊預測敵人的反擊。

「……會朝這裡攻擊……」

要塞巴別的對空砲火放出光束。

八成是鎖定第一擊的發砲點吧。

「比想像得還要精準……」

無數的閃光化為一片帷幕，朝著滯留空中的「白雪公主」集中。

希洛沒有躲避，而是繼續設定巨型步槍的瞄準位置。

很簡單，只要破壞掉要塞巴別的另一個融合爐發電部就好。

這一點點光束砲，奈米守衛的斗篷和鋼彈尼姆合金的裝甲會擋下來。

正當他集中精神瞄準，正要扣下扳機的時候。

巴別的砲擊戛然而止。

幾乎同一時間，駕駛艙的通訊監視器照出一名少女的臉。

『停止攻擊，希洛．唯。』

少女說道。

『莉莉娜．匹斯克拉福特在這座要塞裡。』

希洛擱在扳機上的手指停了下來。

『我的名字是史特菈．諾邊塔……聽說你與我的曾祖父有過一言難盡的因緣。』

過去希洛曾在地球的馬賽遇見名叫希爾維亞・諾邊塔的少女。

映在監視器上，自稱史特菈的少女，她的容貌帶有點希爾維亞的影子。

『你以前見過的希爾維亞・諾邊塔是我的姑姑。她目前任職地球圈統一國家的駐火星大使。』

「我要聽莉莉娜的情況。」

『我們一提議和平交涉，她馬上就趕來了。』

提議的時候還利用了希爾維亞・諾邊塔的名字吧，這太容易想像了。不然位居火星聯邦總統這種要職的莉莉娜，不可能不帶同行者就被叫了出來。

『她現在成為俘虜，被軟禁在這座要塞巴別。你要是再繼續攻擊，我們就無法保證她的性命安全。考慮到會對「P・P・P（完全和平程式）」造成的影響，你只有一個選擇。丟掉武器投降吧。』

「……知道了。」

希洛很乾脆地答應史特菈的要求。

「我會將Snow White作廢，也會投降。」

他平淡地連綴字句，但最後也提出了自己的要求：

「不許碰莉莉娜一根汗毛。」

希洛壓低聲音繼續說：

「還有，立刻釋放她……不然的話，你們那邊的所有人都得死。」

『我不懂你在說什麼。』

「這是警告。自即刻起，我會傾注一切的技術找出你們……無論你們躲在要塞的哪裡，我都一定會找出你們，將你們逼到走投無路。」

平時沉默寡言的他，唯獨這種時候才比較多話。

「我是受過特殊訓練的殺人兵器，殺掉妳曾祖父的人也是我。妳已經明白了吧……我不會手下留情。」

希洛稍微停頓片刻，像是要讓史特菈明白似的緩緩開口：

「我會殲滅你們。」

『還真是會發表危險言論的人呢。』

監視器畫面上，史特菈看似處之泰然，瞳孔卻微微動搖。

「這不是恫嚇，而是宣告。再給你們一次機會……放了莉莉娜。」

『這是不可能的要求。居然說不准碰她——』

史特菈的聲音在發抖。

『——這我沒辦法答應你。因為等一下還得替她做身體檢查，確認她是不是真正的莉莉娜總統。』

「是嗎……那麼通訊結束。」

希洛關掉通訊監視器。

他迅速地操作控制架進行切換，將巨型步槍收進斗篷裡。

同時收起肩膀上的白色羽翼，讓「白雪公主」朝著伊希地海灣高速下降。

以全身去感受只有地球三分之一的火星重力。

希洛打算依照自己所告訴史特菈的，將搭乘的機體丟進海底作廢。

幾秒之後，「白雪公主」突破伊希地海灣的海面，激起巨大的水柱沉進海裡。

這點程度的衝擊，希洛輕鬆就撐過了。

再來只需要逃出駕駛艙，假「投降」之名行「潛入」之實。

可是，希洛依舊在欺騙自己的內心——

深夜減13minutes

移動要塞巴別的內部，莉莉娜．匹斯克拉福特待在沒有窗戶的貴賓室裡，對於十幾分鐘前的喧囂彷彿虛假般轉為寂靜而感到驚訝。

既沒有砲擊的劇烈震動，屋外傳來的警報或士兵奔跑的腳步聲也全都不見了。

這間房間被人從門外上了鎖。

與其說是被當成貴賓，很顯然絕對是被當成了俘虜的人質。莉莉娜本人對於這件事也相當清楚。

可是就連這種時候，她還是相信和平交涉的可能性。

她認為只要火星聯邦政府提出讓步，就能夠恢復和平。

莉莉娜在軟禁她的房間角落找了張椅子坐下，望著掛在對面牆上的少年肖像。

那名少年穿著一身有著沉著紅褐色的燕尾服。

「我認得這個人……」

她不禁從椅子上站起，凝視那幅肖像畫。

年約十四、十五歲，相貌端整。美麗的銀髮柔順地遮住右眼，澄澈的翠綠色瞳仁彷彿正凝望著遠處某樣東西。

莉莉娜緩緩走近，在自己的記憶中試著搜尋，卻沒想到符合的人物。

可以肯定的是，她從沒和這個人物見過面，從沒對話過。

然而她卻直覺自己「認識」這個人。

「啊……是頭髮顏色不一樣。」

她的腦中一瞬間閃過與少年一致的影像。

身穿紅褐色燕尾服的金髮少年，左手牽著手持玩具的少年。

莉莉娜不記得那景象是在什麼時候看過的了。

像是在遙遠的過去，又彷彿是最近才發生……

宛如夢中景色出現眼前帶來的既視感。

就差那麼一點點，她就快想起些什麼了，這時卻從背後傳來聲音。

「這是『V的肖像』，總統閣下。」

莉莉娜回頭，史特菈・諾邊塔帶著兩名持機關槍的衛兵站在笨重的房門前。

「他是我們信仰的貴人。傑克斯上級特校也是遵照這位貴人的遺志行動。」

史特菈平靜地說道。

莉莉娜認為這幅肖像應該是在該名人物的少年時期所繪製，現在的他應該已是成年人了。而就是這名人物在推動著現在的拉納格林共和國。

「那麼，請將這位名叫『V』的先生介紹給我。請務必讓我以火星聯邦總統的身分和他進行會面。」

「那是沒辦法的事……這位貴人已經離世了。」

「……這樣啊。」

莉莉娜對於自己將「遺志」誤聽成「意志」（註：兩者的日文發音相同）感到沮喪。

史特菈笑道：

「有件好消息要告訴總統閣下。」

但她的眼神卻沒有笑意。

「希洛．唯打算潛入這座要塞，為了救出閣下——」

「希洛他……？」

「而且還宣布要把我們殲滅。看來是很不滿我們的和平交涉呢。」

「殲滅？希洛他確實說了這樣的話嗎？」

「是啊，沒有錯。就憑他一個人，怎麼可能辦得到這種事。」

莉莉娜卻渾身戰慄。

就她所知，希洛是個言出必行的人，會做出近似他宣言的行動。

除非發生了讓他無法繼續實踐的事，不然他是個化不可能為可能的男人。

「史特菈小姐，你們最好趕快回拉納格林共和國。」

莉莉娜此話一出，史特菈訝異地回瞪她。

「什麼意思？」

「請不必管我。要是我被希洛殺掉，『P．P．P』應該不會發動才對。但萬一連你們都被拖下水，我會感到非常愧疚。」

「閣下，您是不是誤會了什麼？」

莉莉娜畢竟是拉納格林共和國的俘虜，並非能關心周遭之人的立場。

而這點莉莉娜應該也很清楚。

「我們是在進行戰爭，而戰爭當然就會有犧牲者。」

史特菈如此表示，從她的表情可以看出輕蔑。

「在火星聯邦政府正式宣布敗北之前，戰爭會持續下去。我是不曉得希洛·唯究竟有什麼超人般的能力，但我們不可能撤退。」

衛兵們將槍口朝向莉莉娜。若是過去的她，對此絕不會害怕。但考慮到「P·P」造成的危害，她不禁感到畏縮。

「或許真是這樣吧。但是……」

「現在傑克斯上級特校已經出擊了，他說等作戰一結束就會回來。到時候會請他簽署停戰條約。在那之前，就請總統閣下在這裡等候。」

「不，到時候或許就來不及了。」

史特菈將一個小型的裝置和小型遙控器交給莉莉娜。

「這是模擬地球圈統一國家總統的立體影像生成裝置。您就和她談談，打發時間如何？」

只留下這句話，史特菈便和衛兵一起離開房間。

房門似乎被嚴密地上了鎖。

被留下的莉莉娜悲傷地嘆氣。

「為了我，又要害得希洛留下痛苦的回憶了。」

她當然為史特菈他們的未來感到擔心，但一想到希洛今後將背負的沉重罪業，就更是讓她坐立難安。

而且原因還是出在自己的行動。

一方面期望和平，另一方面是對希洛的贖罪意識，莉莉娜就在這兩者的苛責之間左右為難——

深夜又55minutes

——粉雪在暗夜中漫天飛舞——

在「天堂」的駕駛艙等待出擊時，監視器傳來通訊。那是同時一齊傳送到各機的影像，可以確認到伊希地平原積了一層薄薄的雪，以及正在和「比爾哥Ⅳ」交戰的「哪吒」的狀況。

『五飛還在戰鬥。』

聲音的主人是留在艦橋的T博士。

『真是驚人的精神力……他已經撐了快一個小時了。』

欠缺抑揚頓挫的平靜語氣，聽起來不像覺得驚訝。

若戰鬥還在繼續，或許還救得了張五飛。

監視器上突然切換成凱瑟琳的畫面。

『距離衝入敵陣，還有兩百四十秒……』

「我已經完成出擊準備了，隨時可以出動。」

『了解……就交由你打頭陣了。』

凱瑟琳從監視器上消失，再次恢復寂靜。

W教授沒有出現在畫面上。

雖然想請教他宇宙之心的看法，但這次或許不要知道比較好——

深夜又37minutes

希洛在暗夜中疾馳。

他僅花了不到一個小時便成功潛入了要塞巴別。

搶劫了正在巡哨的陸上氣墊艇，直接從拉納格林士兵身上剝下軍服，完美地喬裝成敵兵，一副若無其事地進到要塞的停泊港，潛入內部。

嚴密的保全密碼和ＤＮＡ掃描就靠欺敵程式和駭入對方系統來過關。在短時間內辦到這些，也是希洛的拿手絕活。

宛如正十二面體展開圖的要塞巴別，構造上的特徵是將重要據點設於中心部。

希洛雖然還沒找到主電腦，但從終端電腦也能夠收集情報。

「五飛在戰鬥嗎……」

他得知了伊希地平原的前線部隊正展開激鬥。

也察覺到戰艦「北斗七星」正在調整為攻擊態勢。

恐怕是打算發動特攻吧——希洛心想。

光就讀取到的數值是無法做出如此推斷的。這是熟知Ｗ教授和Ｔ博士個性的希洛才能做出的預測。

「……稍微幫他們一點忙吧。」

希洛從終端電腦對著主電腦傳送出近乎無意義的假情報。

如此一來，次代鋼彈的「ZERO系統」就無法對戰況下正確的判斷了。

在確定情報的真偽之前，演算處理上就會產生延遲。

同時希洛故意昭告自己已經潛入了巴別。

也放出了他將前往搭救莉莉娜的情報。

要塞內部響起警報聲。

如此一來，無疑能讓傑克斯·馬吉斯上級特校無法專心與眼前的五飛戰鬥。

只要那個男人還留有過去天秤號的記憶，那麼對他而言，希洛·唯應該就是最令他忌憚的存在。現在「ZERO系統」八成正在命令要塞巴別進行森嚴戒備。

藉由告知自己的位置，就能夠掌握衛兵的部署。

果不其然，衛兵都集結到了軟禁莉莉娜的貴賓室。

「這樣一來就鎖定位置了。」

希洛朝著該處前進。

在細長的走廊上一路疾馳。

中途還在幾個要點設置了限時炸彈。

衛兵向他開槍，他也加以應戰。

一旦槍林彈雨阻礙了前進，他就隨便扔顆手榴彈一口氣突圍。

沒有絲毫猶豫。

不管是限時炸彈、機關槍或者手榴彈，都是他就地找來的現成之物。

希洛正確實地接近莉莉娜的房間。

「這就是我的生存之處嗎……」

他捫心自問。

巴別的士兵們都明白自己會被殺掉。

既然已經警告過他們了，那麼自己就不需要背負罪業。

儘管如此，希洛內心的贖罪意識還是逐漸地膨脹擴大。

在斷續響起的槍聲之中，希洛喃喃自語：

「我是為了什麼而戰？」

限時炸彈爆破了供電的配電室。

「是在為誰而戰？」

遠處響起爆炸聲的同時，走廊的電燈也熄滅。

「是誰在操縱我？」

各式各樣的面孔掠過他的腦海。

母親葵・克拉克，將他培育成殺人兵器的亞汀・羅，頭戴白帽的不知名女孩，任用他為鋼彈駕駛員的J博士；以及莉莉娜・匹斯克拉福特。

「不管是誰，我都不打算抱怨。」

因為選擇了這個命運的人，是希洛自己——

深夜又43minutes

停電從約五分鐘前開始持續到現在。

莉莉娜必須在一片漆黑之中忍耐著孤獨。

腳邊似乎踩到了什麼，太暗了看不清楚。

隨後，她的眼前亮起一道微光。

立體影像「桃樂絲」出現了。

看來是踩到了史特菈留下的立體影像生成裝置的啟動開關。

莉莉娜覺得那模樣，似乎哪裡不太協調。

因為「桃樂絲」仍然是一副少女姿態，身穿著過去匹斯克拉福特學園的制服。

「桃樂絲」端詳了莉莉娜的表情片刻，一下子就掌握了狀況，露出笑容並親切地開始搭話：

「妳好嗎……好久不見了，莉莉娜小姐。」

優雅的舉止和過往如出一轍。

莉莉娜想要先和她確認，於是開口：

「桃樂絲，妳還記得我們之前的談話嗎？」

既然是過去的外表，莉莉娜實在難以想像她複寫了當今地球圈統一國家總統的人格。

「當然。是火星曆22年的晚春，妳就任第二屆總統的時候。」

沒有錯。

「桃樂絲」環視周遭。

「話說回來，莉莉娜小姐在做什麼？這裡是移動要塞巴別的內部吧……難不成，妳打算簽署投降嗎？」

「不，不是投降。我是為了和傑克斯特校進行和平交涉而來到這裡。」

「哎呀哎呀……還是老樣子，是不完全的完全和平主義啊。」

「桃樂絲」輕笑出聲。

「妳的主義不是『不戰鬥』，而是『無法戰鬥』。妳所說的『和平』，不過只是單純的願望。那種機能不健全的主義或主張，究竟能夠推動多少人心呢？」

莉莉娜答不出來。

「桃樂絲」繼續說：

「由於『P・P・P』的緣故，有好幾億的人命都掌握在妳手裡。妳差不多該好好利用這一點了吧？藉由絕對的支配來實現願望就好了。康德也說過，和平不是理想，而是必須去實現的東西。這不就是匹斯克拉福特家之人的使命嗎？」

莉莉娜吞吞吐吐地說：

「和平是不能建立在殺戮上的。」

「那麼，妳就去否定希洛・唯啊。」

語氣十分強硬。

「然後拒絕為了和平而戰的一切，不管是預防者或是火星聯邦軍。」

莉莉娜窮於答辯地說：

「我知道。我就是為此才想進行和平交涉。」

「不，妳什麼也不懂。妳的這種行為，就是在背叛那些信任妳、為妳而戰的人。戰爭不可能會因為虛有其表的和平交涉就結束！」

既然和平交涉是白費工夫，那麼就只剩下投降的選項了。

她被迫面臨充滿苦澀的判斷。

要塞的外頭開始下起雪。

火星的夜晚在哭泣。

彷彿在呼應莉莉娜的內心，充滿了悲傷——

深夜又59minutes

——漆黑的羽翼正準備振翅飛翔——

戰艦「北斗七星」在風雪之中勇往直前。

機庫的閘門敞開著。

我和「天堂」出擊了。

放眼俯瞰，移動要塞巴別就在下方。

連結正十二面體各區塊的兩處中心核部位，其中一處殘留著曾遭受攻擊的痕跡。

很不可思議的是，巴別並未對空開砲。

毫無防備的程度讓人甚至不禁懷疑：若這麼直接下降，是否就能一鼓作氣鎮壓住敵方？

突然間，駕駛艙內響起警報，反應搜索到敵人。

確認到有一枚黑色的圓錐螺旋狀飛彈，正從要塞巴別急速升空。

我以多佛槍連續發砲迎擊。

但是第一砲射偏了，第二、三砲雖然命中卻被彈開。

看那外殼的強度，不是飛彈。

以猛烈急速逼近的，是巨大的黑色羽翼呈螺旋狀包覆在外的ＭＳ。

黑翼緩緩張開，從中現身的是雙手持著巨型步槍的「鋼彈」。

「飛翼鋼彈零式」。

傳說中的機體，在雪花漫天飛舞的火星夜空中甦醒。

可是它的全貌卻與過去不同。

漆黑的羽翼帶給人一種不祥的印象。

這時候，自飛翼零式傳來通訊。

監視器映出一名銀髮少年。

清澈的翡翠瞳仁有好一段時間緊盯著我，隨即又垂下視線，開始摺起藍色的紙鶴。

我就這麼目瞪口呆地看著少年。

他的嘴角在笑。

那笑容不禁使人懷疑，少年雖有著天使般的容貌，內在該不會其實是惡魔吧？

他將摺好的紙鶴遞到監視器面前，開口說：

『我的名字是凡恩．克修里納達。』

銀色的惡魔如此表示。

『是創設ＯＺ的人。』

下一瞬間，飛翼零式的巨型步槍開砲了。

於是，我和「天堂」被閃光吞沒——

深夜又60minutes

約二十分鐘之前，停電恢復供電了。

同時間，莉莉娜的房裡湧進了史特菈和五名武裝士兵。

看見他們那慌張的模樣，莉莉娜察覺希洛已來到附近。

史特菈將手槍對準莉莉娜說：

「總統閣下，請妳告訴希洛·唯，叫他快點投降，別做無謂的抵抗。」

莉莉娜看向敞開的房門，希洛人就站在那裡。

在他抵達這裡的途中似乎經過一番激戰，身上各處散布著槍傷，從敵人身上濺出的血染紅了他全身。

「希洛！」

莉莉娜大喊。

「莉莉娜……」

希洛的神色顯得很疲勞。

「站在那裡不許動！」

史特菈有些走音地說：

「不許動！你要是敢稍微動一下，我就殺了總統！」

「那我就省了工夫……我也是來殺莉莉娜的。」

士兵們的機關槍一同開火。

希洛反應迅速地穿過槍林彈雨，朝最靠近的一名士兵的手腳開槍。那裡是唯一沒有防彈保護的部位。

緊接著希洛在地上翻了個滾，從椅子底下撿起最初那名士兵掉落的機關槍，射穿剩下四人的大腿。

士兵們當場倒地，劇痛使得他們的表情扭曲。

史特菈和莉莉娜都僵在原地，瞠目結舌地看著這一幕。

「莉莉娜，這是戰爭……空有美麗外表之事是不管用的。」

希洛將槍口朝向史特菈。

「史特菈・諾邊塔……這是最後的警告，釋放莉莉娜。」

史特菈恐懼地顫抖。

「怎麼可能有這種事……」

希洛說了句「是嗎」表示理解，準備扣下扳機。

然而莉莉娜搶先一步行動。

她搶走史特菈的手槍。

室內響起一道槍聲。

子彈貫穿了希洛的胸口。

還冒著硝煙的手槍，從莉莉娜顫抖的手中掉落。

希洛頓失力氣，當場跪倒在地，摀著開了洞的胸口。

鮮血不停地溢出。

「莉莉娜……我還沒……」

身體前屈倒地。

「……還沒讓妳看見我的靈魂光輝……」

一頭埋進從自身流出的血海裡。

靈魂的光輝——那是過去莉莉娜曾對希洛說過的話。

「希洛——」

莉莉娜沉痛地大聲呼喚，但不知希洛的意識是否有接收到。

夜已深沉，雪持續地下著。

漆黑的羽翼優雅地揮動翅膀。

一切逐漸融入渾沌之中——

螺旋的小夜曲

希洛・唯檔案

在寒冷得使人凍僵的命運之中，連夢都冰結了。
灰色的天空中，只盤旋著絕望。
孤獨的旅人在名為「記憶」的荒涼大地持續流浪。
在寒風呼嘯的空虛內心，沒有喜悅或悲傷，甚至沒有憤怒。
儘管如此，他無法停下腳步。
因為任務尚未完成。
那個旅人名為「希洛・唯」。

MC-0022 NEXT WINTER

可以聽見遠處傳來機關槍連續發射的聲音。

希洛・唯由於這陣聲音而恢復意識。熟悉的黑衣神父正揹著他，此時他便已掌握了自身的狀況。

四周是要塞巴別的走廊。

天花板的緊急照明燈接二連三地向後流逝。

雖然震動不大，但無疑正以快步在移動。

「……是迪歐嗎……」

「嗨，你清醒啦？」

神父單手握著衝鋒槍，回頭瞥了他一眼。

嘴角浮現著笑意。

「你正要去哪裡？」

「沒有目標。」

「莉莉娜怎麼了？」

「你別說太多話……傷口會擴大。」

麥斯威爾神父大概替希洛的槍傷做了急救，目前已經止血了。

「我沒辦法再去顧及總統閣下。」

神父停下腳步說：

「光是你一個人就費盡工夫了。」

他朝著埋伏在走廊前方的士兵們開槍。

似乎一下子就突圍了。他再次起跑。

「不過我這邊或許也落空了。」

「為什麼救我？」

「你意識一下自己的呼吸……不管你再怎麼想死，你的身體卻主張想活下去，這我可是很清楚。」

神父氣也不喘地持續奔跑。

真是個多話的男人，希洛心想。

同時將意識集中於自己的呼吸。

身體確實在吸收氧氣，呼出二氧化碳。心臟持續脈動著，無關乎他自身意志地求生。

「你還不是最佳狀況吧？明明都還不習慣火星的重力。」

希洛很是不滿。

自己過去明明救過這個男人好幾次，現在卻像這樣接受他的幫助。

而且還被他輕而易舉地揹著，以不對希洛的體重造成負擔的速度持續奔馳。

若在以前，兩人的身高差距還在可以攙扶對方肩膀的範圍之內。

神父的背影與年輕時代不同，已經沒有辮子了。

他什麼時候把頭髮剪掉了？希洛不知道。

「你剪頭髮了嗎？」

他們在北極冠基地重逢時，希洛沒去留意這件事。

「人家都說幸運女神背後的頭髮很短喔。」

丟棄子彈告罄的衝鋒槍，從衣服底下掏出散彈槍，神父說道：

「這句諺語的意思是：女神一出現就要馬上抓住她的瀏海，不然的話，幸運一下子就會溜掉。相反地，死神留的頭髮就異常地長了，就像以前的我一樣。」

「你什麼時候退休不當死神了？」

神父「哈！」地嗤笑一聲，發射手裡的散彈槍，回答希洛的問話。

「那就要看你了啊……但不管怎樣，我也不可能變成女神啦。」

聽這回答，麥斯威爾神父看來是還打算繼續當死神吧。

這男人鐵定正甩著看不見的辮子表示：「你若想死的話，那還來得及」。

神父用著與昔日無異的口吻說：

「只要是我能力範圍所及，我隨時都能送你下地獄喔。」

要是手能動的話，希洛還真想這麼做。

可惜他全身都麻痺了。

「算了啦，總之你就好好睡一覺吧……放心，就憑我和你的交情，沒什麼好擔心啦。」

還是一如往昔的愛裝熟。

希洛沒有選擇的餘地。

只能默默地被人搬運。

他靜靜闔上眼皮。

就算活下來，他也沒有執著之事。

萬一死了，也不會後悔。

正當希洛如此心想，腦中突然掠過「靈魂的光輝」這個名詞。

若他的精神狀態處於平時，大概也不會回想起這個字眼。

——我還沒讓妳看見我的靈魂光輝。

被莉莉娜槍擊倒地時，為何自己說了那種話？

是感受到以胸前中彈的部位為中心呈放射狀擴散、灼燒潰爛的劇痛，以及熾熱的靈魂光輝嗎？

是在怦通怦通的脈動節奏下流出的自身鮮血，讓自己吐露出了內心最深處的真心話嗎？

無論理由為何，現在的希洛並不責怪莉莉娜。

神父背上的他雖然一點也不打算放鬆戒心，還是自覺到意識正逐漸遠去——

AC-150 SUMMER

Ｌ-１　Ｃ-０１４２２殖民衛星。

溫和的風吹拂著眼前的草原，名為天空的藍色天花板上流動著人工雲。

希洛·唯坐在山丘上，眺望清澈的人工湖景色。

陽光在湖面漣漪的漫反射下，呈現著幾近無限的閃耀光輝。

風吹來一張報紙。

報紙勾到希洛的腳，於是他隨手攤開看了一下刊載些什麼。

上頭寫著：「殖民地治安維持軍內亂！強硬派失控！」「統一聯合軍垮台的

前兆？」「七十四名殖民地市民身亡！」「無法統合內部的聯合宇宙軍面臨分裂危機！」等字眼。

現今世情動盪。

不過今年夏天，各個拉格朗日點的新建殖民地已陸續完工，許多人都移民來到了新天地。

希洛也跟著那些移民一起來到此地定居。

對於跟著宇宙巡洋艦夏伍德一起對抗地球圈統一聯合軍的戰鬥日子，他實在難以適應。

他本來很想在戰爭之前進行協議。

「要是光用談的就能解決事情，教人怎麼服氣啊？」友人杰伊．努爾如此告訴他。

「所謂的協議，就是要自己和對方向彼此的要求妥協。要讓對方妥協，首先就必須讓雙方見識到『彼此的力量』，所以才要戰鬥。只有交戰之後才會有協議，沒聽過在開戰之前協議的。這就是人類。」

希洛本人雖然對此論點抱有反對意見，但既然坐在這艘戰艦裡，也就不過只是單純的理想罷了。

因此他才想離開夏伍德，然而這依然改變不了自己無能為力的事實。

紙張的角落刊登了一則地球的區域新聞。

——卡蒂莉娜女王向聯合政府內部宣告永世中立。山克王國拒絕盡軍備義務。

昔日的學生正在戰鬥。

聯合軍政府對於不贊同他們主張的國家絕不寬容。不僅不允許中立，也絕不認同一國的獨立意識和驕傲。

若考慮到山克王國的獨立性，那麼就必須要有最低程度的軍備。可是——

「她打算再次走上戰鬥之路嗎？」

就算如此，至少還能夠發表主張的卡蒂莉娜已算是幸運的了。

殖民地的人們向來都很恭順。

地球上的環球企業都不肯釋放各殖民地的所有權，不斷榨取居民們生產出的利益。

懷著希望來到宇宙定居，但等待在前方的未來卻沒有自由。名為功利主義的沉重枷鎖仍扣在他們的腳踝上。

希洛主張的「尊重殖民地的自立個體」要想獲得認同，根本是痴人說夢話。

現況與上一個時代的奴隸制度根本毫無差別。

理想與現實的差距實在太大了。

希洛一想到殖民地人們的不幸，就感到揪心般的痛苦。

他深深嘆一口氣，將報紙鋪在草地上，躺在上頭眺望著藍天。

「回想起來，我總是在逃。」

不管是大學的第三講堂被炸掉時，或者在月面即將被當作叛亂分子處刑時，還有像現在這樣逃出巡洋艦夏伍德都是。

自己的棲身之處在哪裡，他毫無頭緒。

過去桑肯特・克修里納達公爵曾經問他：「你的戰鬥何時才要開始？」

現在他試著再問自己一次相同的問題。

「我什麼時候才要開始戰鬥？」

不可能有人回答。

就在這時，一位戴著一頂白色大帽子的女孩湊到希洛面前看他。

「大哥哥，你迷路了嗎？」

女孩帶著一隻小狗。

希洛不禁懷疑這是不是在作夢。

女孩一身白衣，像個天使般散發著耀眼光輝。夏季的天空和草原，將她襯托得相當美麗。

女孩大概才七歲左右吧。

她帶著可愛的笑容，目不轉睛地盯著希洛。

「你迷路了嗎？」

希洛沒辦法立刻做出回答。

迷失在人生當中的自己，現在或許可說是迷途之子吧。

「是啊……我找不到路。」

「是嗎，好可憐喔……」

小狗很開心似的跑跑跳跳，一直搖著尾巴。

「我沒有迷路喔……我是在帶瑪麗散步。」

女孩說完，就在希洛的面前和名叫「瑪麗」的小狗開始玩起來。

希洛沒有進一步動作，只是望著這幅景象。

或許還稍微露出了笑容也說不定。

女孩伸出手，將一朵小花遞到他面前。

「來，這個給你……」

大概是在鼓勵他「就算迷路了，也要打起精神來」。

在他收下之前，女孩似乎不打算收回手。

希洛接過那朵小花。

那是宇宙專用的改良品種，被稱為宇宙花，外觀與瑪格麗特菊相似的黃色花朵。雌蕊包圍著中心的雄蕊，描繪著費氏數列狀的螺旋向外排列擴展。

他注視著那朵花好一段時間。

（我從來沒有收過別人送的花。）

小狗開始往山丘下跑，硬拖著牽著牠的女孩。

「等等，瑪麗……等一下啦！」

女孩邊跑邊回頭，揮著她那細瘦的小手向希洛道別。

小小的花朵雖然不會對希洛說話，不知為何卻讓他的心情柔和起來。

希洛再重新看一次墊在屁股下的報紙。

背面刊登著一則報導，這座C-01422殖民衛星的中央都市翡翠市的市議員選舉，已開放登記參選了。

希洛看著那篇消息，同時意識著手裡的小花。

「市議員……」

他感受到命運般的啟示。

「……我該前進的道路啊……」

靜靜地闔上眼皮。

確認自己是否已放空內心。

緩緩睜開眼，眺望四周的景色。這一連串的動作，是他以前也教過卡蒂莉娜的克服內心的方法。

希洛站起身。

將報紙摺疊起來收進褲袋，小花則插在胸前口袋。

「開始吧，我的戰爭——」

＊

宇宙巡洋艦夏伍德正航行在L-1殖民地群的宙域。

站在艦橋的麥克・霍華雙手抱胸，瞪著控制架的小型監視器。

畫面上映出的是希洛・唯踏著紮實有力的步伐，走下山丘的背影。

「那傢伙沒有察覺到這是刻意安排的『偶然』吧？」

設計推了希洛背後一把的，是法外之徒的技術人員們。

「殖民地內天候系統的保全比生命系統的還要簡易，輕而易舉就駭入了。誰也想不到那陣風是刻意颳起的。」

總是面帶微笑的亨利・菲爾回答。

「報紙和宇宙花都是依照『沙姆』的指示，雖然我們完全不懂其中有什麼意義就是了。」

身材高大的吳王龍與其說在報告，不如說是喃喃自語。

「哼，那個小女孩是杰伊・努爾的興趣嗎？」

愛挖苦諷刺的D・D這麼問。

「帽子和衣服是我選的，他哪可能有那種品味。」

嗜好男扮女裝的魔女嘲笑著說。

「他喜歡哥德式的恐怖，聽說特別中意鮑里斯・卡洛夫演的『科學怪人』。」

「怪物從少女那裡收到花的場景啊……確實是那傢伙會喜歡的惡劣興趣。」

D・D發表著感想。

霍華命令掌舵的奇克・帕坎：

「回收杰伊。把船艦停靠在C-01422殖民衛星的太空港。」

「知道了。」

帕坎複誦一次後回答。

霍華目光轉向小型監視器。

上頭映照出杰伊的身影，他正在向帶著小狗的女孩及她母親道謝並致贈禮金。

「那傢伙應該不會做出綁架那小女孩的事吧？」

話是這麼問，不過霍華根本懶得去管杰伊這男人想做什麼，仍是繼續將手抱在胸前不動。

＊

宇宙巡洋艦夏伍德的電腦控制室裡，幾乎數不清的監視器正拍攝出地球圈各個細節的動態。

負責監視的不是人類。

而且就算人類以肉眼下去看，也只看得到粒子如沙塵暴般閃爍的影像。

管理者是量子電腦型人工智慧「沙姆」。

它的內部輸入了能即時判斷周圍狀況的「ZERO系統」。

而它所做出的決定，都是考量到為了將來贏得和平的最優先事項。

現在它正將探索的網路範圍擴展到地球圈全體。

攔截地球和月球，進一步還包括殖民地內部的所有監視攝影機影像，駭入聯合國家的主電腦，從衛星通訊的迴線網路竊聽個人通話。

「沙姆」得到了各式的樣本，能夠完全理解人類所擁有的多元面貌。

它的演算處理能夠預測出兩週內的未來，而且準確度也相當高。

藉由管理這份「龐大的資料」，「沙姆」讓巡洋艦夏伍德總是能處於戰略上的優越地位。

閃躲聯合宇宙軍的追擊，不放過反擊的機會。

此外，也提供物資援助給受高壓統治所苦的殖民地居民。

同時對聯合軍的主電腦流出假情報，煽動士兵們的不安，也成功引起內亂。

除了這些與「反地球圈統一聯合」相關之事，「沙姆」還命令夏伍德的法外之徒進行特定人物的護衛計畫。

那些人物是「希洛．唯」和「卡蒂莉娜．匹斯克拉福特」。

當初艦長馬爾提克斯．雷克斯希望這兩人能成為對抗統一聯合軍的「國王」和「女王」。

但兩人這幾年的作為都實在太過平凡，難以想像具備讓聯合軍垮台的戰力。

馬爾提克斯坐在電腦控制室的椅子上，茫然望著這些無數的監視器。

「你能看見的是更加遙遠的未來嗎？」

他身旁坐著挪威森林貓的立體影像。這是「ＡＩ．沙姆」的虛擬容貌。

「或者是在誘導我們前往你所希望的未來？」

沙姆輕輕「喵」了一聲。

這一聲代表的是肯定或否定，馬爾提克斯無從得知。

＊

幾天後，夏季的尾聲——

希洛・唯當選了C-01422殖民衛星——翡翠市的市議員。

選舉結果是在民主及公正之下誕生的。

看來希洛的熱忱傳到了殖民地的市民心中。

他出生在地球的富裕家庭，因大學參加研修旅行訪問殖民地而目睹了居民們的悲慘生活，為了拯救可憐的他們，決意成為政治家。

和這條志願的動機一樣。出生證明、登錄市民編號、學歷和經歷全都被「沙姆」漂白了。

他的資產及納稅狀況也沒有問題。

希洛還有開發了最新式檔案壓縮演算的資歷，產品能將235YB的情報量收進超小型外接硬碟裡。

開發那個程式的是「沙姆」，但它將專利讓給了希洛。

結果就是讓他的銀行戶頭定期匯入龐大的金額。

幾乎可以說，他唯一沒行詐騙的就只有名字。

原本他不可能會接受這種作假的事情。

可是地球圈統一聯合政府宣布通緝逃亡的政治犯「希洛・唯」，所以這也是無可奈何。

此外，他想拯救殖民地人們脫離困境的心情也毫不虛假。

他決定將偽造過去和資產的這份虧欠，還給殖民地的人民。

唯一可能出問題的，就是希洛的半身照會刊登在議員目錄裡。

若有人記得以前的他，萬一看到這份名冊之後聯絡聯合軍當局，憲兵隊很可能會馬上出動。

＊

桑肯特・克修里納達在盧森堡的執務室看到希洛的半身照時，滿意地點頭微笑。

「你終於開始戰鬥了啊……我等很久了。」

辦公桌上立著昔日的好友艾瑞克・匹斯克拉福特的照片。

「你的情敵意外地大器晚成呢。」

揚起嘴角露出挖苦的笑容，然後再次對著照片裡的艾瑞克說話。

「我知道。你想說喜歡他的是妹妹吧？你這男人就算去了天堂，還是一樣愛計較小事。」

桑肯特在幻想中再次捉弄艾瑞克。

朋友不需要多。

永遠的朋友，只要一個人就夠了。

桑肯特仰望著天花板，小聲祈禱：

「願殖民地的未來充滿祝福——」

世界的景色看起來和五年前沒什麼改變。

但實際上模樣卻已大不相同。

人類所站的這個現實，已快要不再是現實了。

看不見的戰爭，早在五年前就已經開啟——

MC-0022 NEXT WINTER

麥斯威爾神父打開某扇房門，奔進室內。

房間很寬敞，自天花板、牆壁到地板都是清一色的純白，乾淨得彷彿一塵不染的研究室。

房間深處排列著實驗器材，一名白衣人士正站在那裡，透過燈光眺望透明試管。神父出聲搭話：

「……抱歉，可不可以幫我替一個傷患看診？」

「…………」

白衣人士沒有回頭。

神父不在意地繼續說下去：

「哎呀～因為我想不到其他可以拜託的地方了嘛，而且這座要塞裡能拜託這種麻煩事的，就只有妳了。」

白衣人士放下試管，開口說：

「真是給人添麻煩……」

轉過頭的那張臉，是戴著黑框眼鏡的希爾妲・休拜卡。

「你每次出現都準沒好事！」

她的口氣非常嚴肅而冷酷。

神父笑著拜託她：

「啊……別這麼說嘛……可憐的迷途羔羊都找上門了。」

「我早就不當修女了，現在的我可是休拜卡博士。誰要聽冒牌神父提出的請求啊！」

但神父對此充耳不聞，放下背後昏迷的希洛・唯，讓他躺在白色的地板上。

見狀，休拜卡博士睜大眼睛，嘴角浮現笑意。

「不過……若要治療的是『睡美人』就另當別論了……我對他的記憶資料很感興趣。」

「嘿，因為這傢伙是唯一能對抗凡恩．克修里納達的人嗎？」

「不光是這樣。只有他才是能夠託付火星未來的唯一希望。」

休拜卡博士操作身旁牆壁上的按鈕，讓希洛所躺的地板緩緩升起。

變成了一個簡易手術架。

「只要利用這裡的醫療系統和醫療奈米機械，馬上就會痊癒了。」

神父在希洛的耳邊低語：

「——她是這麼說的。看來你又沒能死成了呢，希洛……」

失去意識的他，現在還無法理解自己身處的狀況。

＊

夜已深沉，雪持續下個不停。

漆黑的羽翼優雅地揮動翅膀。

一切逐漸融入渾沌之中。

黑色「飛翼鋼彈零式」的巨型步槍擊墜了「天堂托爾吉斯」。

冒著黑煙以迴旋狀態垂直墜落的機體正下方，白色的三頭翼龍正以超高速飛過來。

「白色次代鋼彈」。

搭乘者是張老師。

那架機體已變成雙足飛龍的形態，以活動自由的雙手抓住即將猛烈撞上伊希地平原的天堂托爾吉斯的身體，接著便直接飛往大海的方向。

『能在那個時間點避開要害，了不起。』

張老師透過無線電對話，但米爾·匹斯克拉福特早已失去意識，沒辦法回應。

『這是我的獎勵，不過只幫你這一次。』

他難得對昔日弟子說出溫柔的話語。

不過米爾當然沒能聽到。

飛翼零式的駕駛艙裡，凡恩・克修里納達看著朝伊希地海灣飛離的兩架機體，呵呵地嘲笑了一聲。

「看來傑克斯特校也不如原先所期待的嘛……他要是不徹底盡完職責，可就很傷腦筋了。」

傑克斯特校駕駛的「次代鋼彈」早已開始往移動要塞巴別撤退。

因為有必要重整耗損嚴重的比爾哥部隊。

另外，希洛・唯潛入了要塞內部，也是他撤退的一大理由。

若是要塞被從內部破壞，就會連「ZERO系統」也無法預測受害範圍。

——MS戰就交給凡恩・克修里納達總帥就好了。

傑克斯特校的「ZERO系統」如此判斷。

＊

要塞巴別內的研究室——

麥斯威爾神父和希爾妲・休拜卡已是三年不見的重逢。
兩人之間卻毫無緬懷過去的跡象。
靜默無語的室內，圓筒型的醫療機械正在活動。
希洛・唯就在這機械內接受胸口槍傷的治療。
沒事可做的神父看著牆邊的小型書架。
一般來說，書架上應該會擺著被稱為電子書籍的金屬板狀的資料，但是休拜卡博士的書架上卻陳列著紙本印刷的舊時代書籍。
「喂，外面情況變得如何？」
神父從架上抽出一本薄冊子，開口問道。
「我沒興趣。」
她一面確認醫療機械顯示的數值，沒什麼好氣地回答。
能從這座要塞巴別內部做出的援護，希洛幾乎都已經做完了。
唯一擔心的就是黑色羽翼的「飛翼零式」。
可是既然能對付的手段正躺在這裡接受治療，那麼就束手無策了。

神父抽出的那本書是《鵝媽媽童謠》的繪本。

「這本書——」

那是她還在休拜卡教會當修女時，經常唸或唱給孤兒們聽的書。

特別是〈Hey Diddle, Diddle（貓和小提琴）〉這篇特別受孩子們歡迎。

「——沒有被海嘯沖走啊。」

＊

三年前，MC19年的晚春，偵察衛星FO-ⅡB墜入了「拉納・格林海」。

有著直徑六十公尺的拋物面天線的巨大質量，從拉納格林共和國上空突破大氣層時，瓦解成數個部位。這些碎片的其中幾個墜落到了超高層摩天大廈林立的海上都市。

火星的重力雖然只有地球的三分之一，但擁有的破壞力也已綽綽有餘。

掉進海裡的小碎片產生驚人的空氣振動，同時引起了巨大的海嘯，將海上都市瞬間化為烏有。

損害同時波及零星分布於沿海的港鎮，休拜卡教會也被巨大海嘯所吞噬。

死亡及失蹤人數超過一萬人。

這是過激派恐怖分子的暴行，被稱為火星史上最大的屠殺。

犯案是駭客以遠端進行操作。有謠言說火星聯邦政府參與了幕後主使。

火星最為繁榮，標榜「非武裝」的拉納格林共和國，因其「獨占富裕」而招致鄰國的強烈嫉妒，導致了這種結果。

此外，自稱「米利亞爾特．匹斯克拉福特」的聯邦首任總統無疑也讓人從他身上感到威脅。

那間貧窮的孤兒院，只有迪歐倖存下來。

神父聽到新聞趕到現場，已經是三天後的深夜了。

迪歐一個人待在浸泡於水裡的廢墟。

旁邊教會的遺址，豎著七個粗糙的小墓碑。

迪歐似乎找回了孤兒院孩子們的遺體，將他們埋葬於此。

神父也有過類似的經驗。

不，或許迪歐的心情要來得更悲慟。

孤單一個人，以那樣的一雙小手，按著彷彿要被撕裂的胸口……

他一定在當時就流盡了體內所有的眼淚吧。

在那臉上，已經看不見悲傷殘留。

神父一面思考該怎麼出聲叫他，從雙人座機車下來時，綁著長辮子的孤獨少年大叫著說：

「收我當你的兒子！雖然這世界無聊得要死，但我決定繼續活下去！我想要能夠戰鬥的力量！比任何人都強大的力量！」

「你是想復仇嗎？」

「才不是那樣……我不原諒『戰爭』！我要不斷地戰鬥，徹底戰鬥，讓那些幹這種蠢事的傢伙嘗看看身為『弱小』的滋味！如果是你的話，就可以把我訓練得更強吧？」

還不到十歲的小孩子說出了這樣的話。

只要一度選擇踏上充滿荊棘的道路，就再也無法繞道而行了。
他看起來已經做好了覺悟。
「ＯＫ，知道了……」
神父收養迪歐為兒子，決定將他培育成一名戰士。
兩人對著七座墳墓默禱並告別。
此時神父突然發現，墓誌銘上沒有休拜卡的名字。
「修女呢？」
「不知道……她剛好上街了，所以大概……」
迪歐說到最後有些支吾其詞。
神父當時也目睹了四周為數驚人的死者，猜測她應該是成了其中的一人。
無法言喻的後悔占據了他的內心。
「渾蛋……我都還沒有認真向妳道歉啊！」
自那天起，神父戒掉了菸酒。
「雖然這樣根本也算不上什麼祭奠。」

他喃喃嘀咕著，跨上機車、發動引擎。

「上來……要走了。」

迪歐跳上後座。

「拜託你了，臭老爸。」

「我會讓你成為一流的戰士……但是我們的未來可比死還要辛苦喔。」

「我早就有心理準備了。我已經決定了要活下去！」

兩人朝著馬爾斯大陸北方前進——

後來神父才從預防者的張老師那裡得知，她不但還活著，並且以「希爾妲・休拜卡博士」的身分成為拉納格林共和國的研究員。

即使如此，他也不打算放棄禁菸禁酒。

比起放心，他更感到的是驚訝，於是立刻嘗試以「電子郵件」聯絡。

但是毫無回應。

等到邁入了今年（ＭＣ２２年），才終於收到她的回信。

『莉莉娜．匹斯克拉福特的「星星王子」不久之後將要甦醒。』

那則訊息還附加了一個舊AC時代的檔案。

＊

休拜卡博士一面將各種數據資料輸入醫療機械，一面開口說：

「別用你的髒手去碰。那些孩子留給我的回憶，只剩下那個了。」

她似乎很在意神父手上拿著的《鵝媽媽童謠》繪本。

「想要我還給妳的話，就至少陪我閒話家常吧。」

「……真沒辦法。」

她將脫下的白衣放在桌上，解除了科學家形象的武裝。

看起來似乎稍微卸下了心防。

休拜卡從神父那裡拿回繪本，放回書架並說：

「在他治療結束之前，就當作是打發時間吧。」

神父聽著過去的妻子描述三年前所發生的事。

雖然語氣聽來很不耐煩，她還是開始訴說自身的遭遇——

偵察衛星墜落時，她人正在中央都市的國立圖書館。

聽說是為了套用老交情，修補已經變得破破爛爛的《鵝媽媽童謠》繪本。

傳來驚人衝擊的同時，建築物跟著倒塌，隨後更遭到洪水侵襲。

面臨這種絕望的狀況，休拜卡卻奇蹟似的獲救了。

幸好她過去曾經在國立圖書館工作過。

「一般來說一定早就死了……但我覺得那樣還比較幸福。」

她感慨良深地繼續說。

不幸的是，那座國立圖書館是在政府諜報部的管轄之下。

垂死的休拜卡在共和國的醫療機構接受治療。

外傷幾乎已痊癒，卻暫時喪失了記憶。

在治療她的腦細胞時，不慎發生了醫療失誤，將別的「描繪記憶」輸進了她的意識。在同一棟病房接受治療的奈米科技研究員的記憶，進到了她的腦裡。

那份記憶資料關乎政府的重要機密。研究員最後還是不治身亡，於是休拜卡被選為繼任者。

恢復記憶的她遭到諜報部監禁，之後被強迫進行奈米科技的研究。

開發的成果遠遠超過共和國高層的預料。休拜卡博士不但大幅提升了立體影像的畫質，並且讓「奈米守衛」成功投入了實用。

之後，這項技術被傑克斯上級特校轉用於軍事，結果為拉納格林共和國帶來了壓倒性的優勢。

如今她已成為這項領域當中的第一權威而廣為人知。

「——也就是說，妳有兩人份的記憶？」

「不，『描繪記憶』灌入的只有技術上的專門知識。記憶函式庫裡面保存的好像就只有這樣。」

以意外事故來說也實在太過偶然了，神父不禁覺得可疑。

「我說，妳的記憶……真的恢復了嗎？」

「當然。」

「因為不管誰都這麼認定的吧？」

神父再一次從書架抽出《鵝媽媽童謠》。

「孩子們最喜歡的是哪一篇？」

「是〈Hey Diddle, Diddle〉……大家都會非常興奮開心地唱著。」

翻開那一頁，上頭畫著超現實的插畫。

「那妳唱來聽聽。」

「現在？」

神父點頭。

「……在這裡？」

神父再次點頭。

「希爾妲，我這不是在求婚，只是叫妳唱首歌而已。」

休拜卡面有難色地點頭，有些害羞地開始唱出清澈的歌聲。

她摘下黑框眼鏡，閉上眼簾。

彷彿正在回憶教會的那段遙遠時光。

那是一首節奏輕快的簡短歌曲。

聽起來很愉快，大受孩子們歡迎的童謠。

歌詞的內容雖然荒唐無稽，不過自古傳承下來的歌詞釋義，到了宇宙殖民時代已經變得不同。

「♫Hey diddle, diddle,
The cat and the fiddle,
The cow jumped over the moon.
The little dog laughed
To see such sport,
And the dish ran away with the spoon.
——♫

『譯——嘿。滴答！滴答！
　貓咪主將和小提琴演奏。
　COW(母牛)跳過了月球軌道。
　小狗看了哈哈大笑。
　結果，
　盤子和湯匙一起逃跑了。』」

不斷地唱著這首歌。

休拜卡不知何時已邊唱邊流著眼淚。

神父將持續哼唱的她緊緊抱住。

「抱歉……讓妳想起了痛苦的回憶。」

休拜卡沒有停止唱歌。

溢出的眼淚止不住地順著臉頰滑下。

無論多麼辛苦也從未在人前流過淚的她，正在神父的眼前哭泣。

一邊哭仍一邊繼續唱著歌。

神父的疑惑轉為確信。

希爾妲・休拜卡的精神已被破壞了。

恐怕已不再能面對辛酸過去並抑制情緒。

而那絕對是由於腦內被蓄意施予了干涉。

神父發自內心道歉。

無論以何種話語都不可能會被原諒，但還是竭盡心意地道歉。

「真的很對不起……真的很抱歉。」

不知她是否沒聽見這句話，還是一直在唱歌。

躺在醫療機械之中的希洛，聽見了希爾妲・休拜卡的歌聲。

AC-152 AUTUMN

L-1 C-01422殖民衛星。

姊姊希卡爾・唯從地球來訪。

當時希洛正在市議會的議員室，分身不暇地處理殖民地居民的各種陳情。

「姊姊？」

「太好了，果然是你。」

久違的姊姊容貌雖然和往昔一樣，但感覺得出是在強顏歡笑，神色隱約透露出辛苦。

「暫時要叨擾你了。」

「姊夫呢？」

「離婚了。他有了別的女人。」

她還帶著今年兩歲的兒子艾因。

姊姊希卡爾．唯在L-1殖民衛星是家喻戶曉的小提琴家，甚至還有過舉辦個人演奏會的經歷，擁有堅強的實力。

但是在七年前，幾乎是以私奔的形式和無名的男作曲家結婚，逃到了地球。

婚後起初很幸福，但是無名作曲家一直都是默默無聞，生活非常窮困。無奈之下，只好靠著參加地方巡迴樂團或者到遠離都心的地方演奏維生，卻也成了丈夫外遇的原因，最後以離婚收場。

「你當然願意幫我吧？若是連親姊姊的困頓都救不了，更別提幫助殖民地的人了。」

希洛無話可答。

姊姊自幼就很強硬，到現在依舊未變。

從這一天開始，希洛就和希卡爾、艾因三人開始了在狹窄的議員宿舍的共同生活。

不過對希洛而言，和這位奔放的姊姊一起生活，為他帶來了正面的效果。

她在哄艾因睡覺之前，會用小提琴演奏的搖籃曲，而這療癒了希洛因公務繁忙而疲累的心。

希卡爾的小提琴不是高價品，琴弦上面沾了堆積如山的松脂粉。

但是形狀卻和一般不同，前端的弦軸部位有著看似「貓的前腳」般的雕刻。這種愛爾蘭製的琴被稱為「Diddle．Diddle」，實際上是「fiddle」，不太適合用於演奏古典樂（註：fiddle和violin中文同樣都是指小提琴，但相較於violin適合演奏古典樂，fiddle則多用於演奏民俗樂曲）。

希洛在希卡爾的鼓勵下開始學著拉小提琴。

不知是血統遺傳還是有天賦之才，或者是希卡爾教得好，他只花了幾個星期，技藝就已甚至能夠演奏尼可羅．帕格尼尼的旋舞曲〈La campanella〉了（雖然只有餘興程度）。

進入十一月，翡翠市公布將要舉辦下一任的市長選舉。

希洛在身邊人們的大力推薦下參選。

真摯地接受並回答市民心聲，為他帶來了優良評價，增加支持他的階層。此外，前任市長也對他寄予濃厚的信賴，聲援他的議員也很多。

說不定將會誕生殖民地史上最年輕的市長，輿論對他的評價也很高。

但這時卻殺出了程咬金。

地球圈統一聯合表示，他們決定由地球方面來決定翡翠市的市長人選。

然後就單方面派遣了聯合軍的退休軍人作為市長。

殖民地市民以民主方式選出的只是「副市長」這個職務。

聯合軍是在表態不承認殖民地的自治權。

既然地球方面有著具壓倒性軍事力的背景，殖民地的市民就無法拒絕。

結果最後，希洛就參選了「副市長」這種前所未聞的選舉。

＊

位於月球背面的「莫斯科海」，上空正展開激烈的戰鬥。

聯合宇宙軍的巨大戰艦「修提爾（金牛座）」將宇宙巡洋艦夏伍德逼近絕路，與量產化的無人戰鬥機「裘貢（天秤座）」正展開包圍作戰。

「裘貢」數量約兩百架。

聯合軍大幅改造了月面工廠，飛躍性地提升了武器生產力。

相較之下，夏伍德艦上搭載的機體「雙足飛龍」、「阿波羅」、「赫里奧波里斯」才總共僅僅少數的十二架，和創設初期一樣。

戰爭的勝敗就取決於物質的數量。

不管「沙姆」再怎麼讓他們占得戰略、戰術上的優越位置，實際戰鬥還是受到了壓制。

夏伍德已完全被阻斷了退路。

直接中彈的次數也已超過數十次，再繼續下去，恐怕會被擊沉。

但是夏伍德艦內的氣氛卻很冷靜。

艦橋裡，馬爾提克斯艦長大腿上躺著愛犬斯培德，望著戰況監視器喃喃自語。

「敵人部署得很漂亮，一點都不給我們伺機突破的機會，無人機也變得聰明很多。」

掌舵的霍華說：

「現在不是悠哉分析的時候。」

他忙碌地將方向盤一下往右一下往左，閃躲著「裘貢」的攻擊。

語氣卻和操縱是兩回事，聽起來實在很悠閒。

「是啊，但是——」

馬爾提克斯眼睛眨也不眨一下地盯著正面閃光迸射的監視器，低聲說道：

「對付無人機，進入持久戰果然很吃力。」

「問題在於駕駛員的疲弊……若不解決這種慢性人手不足的問題，我們就無法獲勝。」

「畢竟人手短缺到還得讓你來操舵嘛。」

馬爾提克斯艦長撫摸斯培德的頭，淡淡一笑。

「但我們追求的並不是『勝利』。只要勤勞地克服局部戰，能夠讓反聯合的民眾奮起就可以了。」

「還真有耐心……夏伍德可撐不了那麼久喔。再說，在宇宙裡戰鬥，本身就夠強人所難了。」

斯培德正閉目打盹。

以小型犬來說，他已經算很老了。

或許宇宙環境對斯培德來說，果然還是勉強了點。

「不然，要再去地球嗎？」

馬爾提克斯艦長語氣輕鬆得彷彿在詢問「今晚要去哪間酒吧」。

「喔喔，這主意或許不錯。」

霍華靈活地操著舵，讓戰艦迴避中彈。

斯培德打了一個大呵欠，接著發出「嘻嘻嘻……」笑聲般的呻吟。

斯培德自身為幼犬到現在，都從未吠叫過一聲。

這時，從雙足飛龍的駕駛員傳來無線通話。

『這裡是奇克・帕坎。傳達「沙姆」的指示，它說差不多了。』

馬爾提克斯艦長回答「明白了」，並說：

「那麼全機歸艦，夏伍德接下來即將降落月球。」

巡洋艦夏伍德一口氣壓低船頭，駛向月面的「莫斯科海」。

兩百架「裘頁」見這意外的行動，慌忙緊追在後。

直到剛才的鐵壁般布陣，就此崩潰。

可是一旦進入降落準備，也就代表夏伍德的船速會跟著大幅降低，將成為爆擊的絕佳目標。

不過在月面的「莫斯科海」，有五輛「傑克南瓜燈」組成的南瓜戰車隊正等在那裡。

「哎呀哎呀，終於輪到我們上場了。」

一號車的杰伊表示。

「沙姆太愛裝模作樣了。」

二號車的Ｄ・Ｄ一面啟動高性能雷達干擾器，一面這麼說。

「一人分攤四十架。請盡量避免浪費砲彈。」

說著的同時，三號車的魔女已開始發動猛烈的砲火攻勢。

不愧是這幾輛車的重砲武裝的基本設計者，操作技術和射擊手腕都比其他任何人來得優秀。

「『盤子和湯匙』應該能想辦法解決。問題在於大型的『ＣＯＷ』。」

一面準確地擊墜敵機，四號車的亨利・菲爾說道。

他們這幾位技術人員為了嘲笑聯合軍的機體，將天秤座「裘貢」稱為「盤子和湯匙」，金牛座「修提爾」稱為「ＣＯＷ（母牛）」。

「這就交給我吧。」

五號車的吳王龍將戰車直接連結到後衛的能源反應爐車輛，豪邁地發射特大光束砲。

並且漂亮地命中了飛行在正上方的戰艦修提爾。

巨大戰艦在特殊裝甲的保護效果下倖免被貫穿，但是命中時造成的衝擊太強，被大幅推離了月球軌道。

此時的戰鬥影像都被夏伍德的監視攝影機錄了下來，日後透過反聯合軍的宣傳頻道「瑪麗的羊」被播放到了全地球圈。

殖民地的市民看到之後，全都大聲叫好。

這並非沙姆的指示。

而是膽大無畏的杰伊的獨斷行為。

「沒什麼大不了啦，偶爾也要讓民眾知道我們的活躍嘛。」

他揚著嘴角竊笑。

「這樣也比較容易讓民眾奮起不是嗎？」

然而實際上這件事卻導致地球圈統一聯合的危機意識高漲，加強了對殖民地等弱小立場的施壓。

面對各式各樣的「反抗意志」，就更加地強化鎮壓。

＊

桑肯特・克修里納達公爵在盧森堡城的執務室看著這些影像。

「看來他們什麼都不明白……如此一來，將會使得匹斯克拉福特和希洛・唯的活動受限。看不見的戰爭就絕對不能被人看見。」

所謂看不見的戰爭，指的是在情報控制社會當中，對人心造成影響的心理戰。

要是讓民眾看見戰場的影像，他們的意識就會只靠大腦去理解情報，感情只會在一瞬間產生變化而後就結束。仔細想想，那根本不關己事——於是在這種想法下就此安心。

不管再怎麼真實的影像，實際戰鬥的士兵們肌膚所感受到的空氣，都不可能透過畫面傳來。

夾在戰爭之間的人性將會完全被否定。

無論是情報工具的改良或通訊的發達，都無法治療人類這種名為「戰爭行為」的疾病。

此外，民眾的心情與其說變得「厭倦戰爭」，不如說將變得「討厭戰爭」，會在毫無期望和平之覺悟的情況下不斷逃離戰爭，陷入「空有訴求的和平主義」。

如此一來將演變成最壞的事態。

影像所播出的戰爭將永遠不會結束。

任何的局部戰爭都會拖延成長期戰，沒辦法速戰速決。

沒有流血的人對於不會被捲入戰爭的安心感，將會更加折磨戰場上的士兵。

「雖然很遺憾，但看來對於夏伍德的資金援助也到此為止了。」

這時候，一位老將軍前來拜訪桑肯特。

他是昔日在羅姆斐拉財團的會議現場，曾被希洛斥喝「閉嘴，老頭」的其中一人。

他的手中握著L-1殖民衛星的當地報紙。

「公爵！翡翠市的這個叫希洛．唯的副市長候選人，是不是當時的那個年輕人？」

他以激動的語氣責備般說著。

桑肯特望了遞到面前的報紙一會兒，然後轉移視線，冷淡地說：

「只是單純長得像吧。就算姓名一樣，但市民編號不同。」

他指出報紙上刊登的個人檔案與通緝單上編號的差異。

「可是，公爵！這個男人和理應為陌生人的『希洛・唯』的姊姊正在同居！」

「大概單純只是偶然的重疊，他們才成了戀人吧。」

「怎麼可能。」

「只能當作是無關的他人了。我以羅姆斐拉財團代表的身分下令，地球圈統一聯合軍絕對不許對希洛・唯出手，知道了嗎？」

老將軍只能表示明白。

但那終究只是應付一時的態度。

*

希洛正在撰寫最終的演講稿。

那份原稿預定是要在翡翠市的中央議會上發表，不過當然也必須在市民和新市長的面前演說。

新市長已經發表聲明，萬一到時說出反聯合的發言，就會當場下令「把政治犯帶走」。

這是狡猾的聯合軍高層所下的命令。

可是此時若不站在殖民地市民的立場，訴求改善他們的困處，那麼成為副市長就沒有意義了。會變成不擁護市民，諂媚聯合的背叛行為。

希洛的個性生來就是寧可選擇發表「辛辣的真理」，然後光明正大地被逮捕。他猜想這或許會成為最後的演講了吧。為了不留下遺憾，他直到深夜仍不停地在反覆推敲。

希卡爾來到他的身後，拿起幾十張洋洋灑灑的真理原稿開始閱讀。

「哦——你呀，真的都訴說得正確無誤呢。」

「能請妳別來打擾嗎？」

希卡爾滿不在乎地繼續說：

「聽了這份訴求，大家就此敵視聯合，這樣你就滿意了？」

「……」

「好像只有你自己是正確的。這樣你就活得開心了？」

「……我不是享樂主義者。」

「你就是像這樣子瞧不起周圍的人。你打算否定至今遇見過的所有人嗎？你的個性大概就算四周全都變成敵人也會繼續貫徹主張。但再這樣下去，你就沒辦法去愛不完美的人類了。」

希洛不打算和她辯論。

「不管再怎麼主張自己的正義，都沒辦法與對方的正義相容，所以才會發生戰爭不是嗎？不要揮舞名為正義的『武器』，而是要能夠繼續思考名為正義的『思想』，這才比較重要吧？」

過去希洛也曾經對學生卡蒂莉娜說過同樣的話。

他說「重要的不是結論，寶貴的是中間的過程」。

「我們既然不是神，就『絕對不可能』達到『完美』或『絕對』。將自己的一生奉獻給這種東西，實在太寂寞了。」

希卡爾將閱畢的演講稿放回希洛身旁，取而代之拿起他的小提琴練習譜。

「神若是寫了小夜曲，那麼或許最能夠巧妙演奏的是天使，最能夠完美按照樂譜演奏的是惡魔。但是真正能夠憾動人心的，我想應該是人類的演奏吧。」

她放下樂譜，然後又說：

「原諒不完美和軟弱的人類吧，並且更愛那些人一點。」

希卡爾轉身背對希洛。

「你就盡量努力吧……別太逞強喔，晚安。」

她留下這些話便離去。

希洛放棄推敲，仔細咀嚼姊姊所說的話，手伸向置於一旁的小提琴。

「……的確，持續思考也很重要。」

靜下心來，緩緩地開始拉起帕格尼尼的〈La campanella〉。

事情發生在翡翠市的中央議會舉辦最終演講會的當天。

出門購物的希卡爾．唯被人狙擊了。

案發現場是在市郊的馬路上，鋪成石板路，行人稀少的寧靜地點。

當場死亡。

年幼的艾因坐在嬰兒車裡所以沒事，但老是盯著同樣的景色，令他哭了起來。

一名路人聞聲回頭，發現頭被射穿倒地的希卡爾的遺體。

警察來了，希洛不久後也趕至現場。

撥開看熱鬧的人群，希洛緊抓著姊姊的遺體。

一名警官故意用希洛聽得見的聲音向上級稟報。

「一發子彈貫穿眉間，是職業人士下的手。由子彈型式推測，使用的應該是軍用步槍。」

希洛察覺這是聯合軍的威脅。

八成是在警告他，別在最終演講說些不該說的話。

但就算如此，也用不著殺害無辜的姊姊吧？

希洛悲慟的同時，感到猛烈的憤怒。

「儘管這樣，姊姊也不希望我將正義作為武器嗎？」

希洛抱起嬰兒車裡的艾因，將他捧在自己懷裡。

艾因不停地哭著，什麼都還不懂。

「是嗎……因為我將正義當作武器，所以才害得無辜人們身陷危險嗎？」

幾個小時之後，希洛站上中央議會的講壇。

其他的候選人已經先一步結束了演講。有的高聲主張「反聯合」而被當場逮捕；有的諂媚聯合，表現出恭順，不過會場上反應冷淡，連一位鼓掌之人也沒有。

希洛一站上講壇，所有人的目光全集中到他身上。不久前才目睹姊姊死亡，這個男人將會在此發表些什麼？

是憤怒，還是屈服？

希洛從胸前的口袋取出一張紙片，在桌上攤開。

那不是他撰寫了真理的演講稿，而是點綴著旋律音符的樂譜。

「我不求理解，只要大家能去感受就夠了。」

他緩緩地將被稱為愛爾蘭fiddle的小提琴夾在脖頸間，開始演奏起〈La campanella〉。

會場的人目瞪口呆。

起初大家都認為這是他思念亡姊的追悼曲。

但是希洛的演奏帶來的卻不是哀愁或悲壯感。若要形容的話，能讓人感受到產地愛爾蘭的人們開朗、力道和堅強的風格。

此外，狀似貓咪前腳的弦軸部位也散發著奇妙的幽默感。

義大利語的「La campanella」即是「鐘」的意思，這首曲子若由鋼琴演奏，主旋律便可清楚聽見宛如鐘聲鳴響的音色；但若以小提琴來表演，就會有突顯演奏技巧的傾向。

但是希洛的演奏讓會場的所有殖民地市民都確實聽見了自由的鐘聲。

此外，也讓新市長和聯合方面的人感受到，這男人是想讓他們聽見他「絕不放棄」的信念。

雖然他才剛學會小提琴演奏，但「期望和平」的心願已充分傳遞到人心了。

希洛在最後的最後，才將對亡姊的思念傾注到手握的弓上。

約四分三十秒的演奏結束，希洛鞠躬之後走下講壇。

「這樣就好了吧，姊姊……」

他在心中喃喃低語。

希洛準備推著艾因的嬰兒車離開會場時，市民們對他致上了如雷的熱烈掌聲。

選舉結束。

希洛・唯的得票遙遙領先第二名，當選了副市長一職。

之後他便一路爬升成為殖民地全體的代表，向前邁進，直到即將爭得人民的自由與和平的前一刻——

MC-0022 NEXT WINTER

雪花紛飛的伊希地平原上空，待機的「飛翼零式」優雅地展開漆黑之翼。

凡恩．克修里納達的目標是正在接近的戰艦北斗七星。

巨型步槍的能源已填充完畢。

再來只需等待機影進入視線。

但就在此時，駕駛艙的「ＺＥＲＯ系統」響起警報。

「……敵人？」

索敵雷達上頭沒有照出任何東西。

他卻清楚聽見了聲音。

『射擊預備。』

伴隨著聲音，也聽見近似耳鳴，斷斷續續的高頻聲波。

『開始……上箭。』

高頻聲波的頻率似乎又更加提升了。

凡恩理解了。

這是「白雪公主(Snow White)」準備對飛翼零式發動攻擊。

『開弓……』

但那不是希洛・唯的聲音。

「從哪裡傳來的？是誰在駕駛Snow White？」

集中精神尋找白雪公主的位置。

「嘖，宇宙之心在妨礙我。」

『滿弓……』

凡恩瞬間明白是誰坐在駕駛艙裡。

「還有另一個銀髮惡魔啊。」

同時也終於鎖定白雪公主的位置。

白雪公主自伊希地海灣上空的高海拔位置，舉著弓型的武器擺好了姿勢。

『「七個小矮人・黑色」……射出！』

等凡恩發覺時已經太遲了。

白雪公主自遙遠的彼方射出閃光。

那是籠罩著白光的黑鳥。

回收沉進海底的白雪公主，並且進一步操縱的人是W教授。

他早已解除了希洛上鎖的「活體反應」。

坐進駕駛艙的同時並發動。

這就是反擊開始的瞬間。

黑翼的飛翼零式被暴風雪吞噬。

「七個小矮人」的黑箭有著「風」的特性。

飛翼零式的機身失去平衡，朝著大地墜落。

在那下方是幾個小時前，比爾哥Ⅳ部署成Delta陣形的地點。

凡恩緊急之下操作著節流閥的操縱桿，在即將撞上地面之前緩衝著陸。

確認鎖敵監視器，飛翼零式從四個方向捕捉到包圍它的四架機影。

那些人型機動兵器是——

披著黑斗篷的「魔法師」。

深綠斗篷的「普羅米修斯」。

透明的虹色斗篷的「舍赫拉查德」。

以及披著紅色連帽斗篷的「紅心女王」。

凡恩無畏地笑了。

「奈米守衛的斗篷還真是了不起……我完全都沒察覺各位的靠近呢。」

率先行動的是飛翼零式。

凡恩以雙臂將巨型步槍分離，以圓周運動開始掃射。

周圍產生大爆炸，熊熊燃燒的火焰包圍了飛翼零式。

「今天就當作是交換名片打聲招呼。下回見面，我可不會手下留情。」

當他正準備再次升空——

這時候，巨大十字架型重機關砲的砲口噴出火炬。

上空激起濃密的煙霧，飛翼零式無法自地面起飛。

『你想說的只有這些？』

普羅米修斯的駕駛艙裡，無名氏冷冷地說道。

『我弟弟似乎受你關照了……我可得鄭重回禮才行。』

娜伊娜的社交辭令中，明顯透露著憤恨。

『要是米爾有什麼三長兩短，我絕對饒不了你！』

卡特莉奴眼鏡後方的瞳孔，燃燒著熊熊怒火。

『讓你見識見識什麼是真正的地獄！』

迪歐的眼神看起來真的氣炸了，但倒是平靜地低聲說著。

然而對此，笑意卻始終未從凡恩·克修里納達的嘴角褪去。

＊

要塞巴別內的研究室——

希洛的治療結束了。

他被送出圓筒型的醫療機械。

「嗨，希洛！」

希洛坐起上半身，直盯著神父的臉。

「你是誰？」

他的眼神已不如幾小時前那般銳利，甚至浮現懼色。

神父一副「你在開什麼玩笑」似的走近希洛。

「是我，迪歐啊。」

他擠出笑臉，說出昔日使用的名字。

「迪歐？我沒印象。」

希洛看起來不像在說謊。

「喂，振作一點！你任務才進行到一半耶！」

「任務……你在說什麼？」

「喂喂……這是怎麼回事？」

神父回頭瞪著休拜卡的臉。

她身穿著白袍，戴著黑框眼鏡。

鏡片閃爍著妖異的光芒。

塗上紅色口紅的嘴唇吐出冰冷的話語：

「這樣一來，就再沒有任何事物能動搖我們的勝利了。」

希爾妲．休拜卡毒辣地放聲大笑。

在寒冷得使人凍僵的命運之中，連夢都冰結了。

灰色的天空中只盤旋著絕望。

孤獨的旅人在名為「記憶」的荒涼大地持續流浪。

在寒風呼嘯的空虛內心，沒有喜悅或悲傷，甚至沒有憤怒。

儘管如此，他無法停下腳步。

因為任務尚未完成。

那個旅人名為——

（第十集待續）

後記

《新機動戰記鋼彈W》電視動畫版的藍光光碟已經上市，其中BOX2的聲音特典請到了配音員們來錄製評論，內容相當有趣。大家久違地再次相聚，熱烈討論當時的回憶，接著話題討論到決定各角色配音員的試鏡會。這時候，飾演卡特爾的折笠愛小姐就說：「我好像沒有參加試鏡會。」周圍的人就說：「怎麼可能？」「妳該不會是忘了吧？」然後收錄就到此結束。其實——接下來才是重點。

其實卡特爾這個角色，一開始已經決定好要讓折笠小姐來飾演了。所以真的沒有舉辦卡特爾的試鏡會。身為優雅的少爺，又隨時關懷著他人的卡特爾．拉巴伯．溫拿，到了故事的中段將在瘋狂憎恨的吞噬下，開發飛翼零式並肆意地盡情破壞。能夠徹底詮釋如此複雜而重要的關鍵角色的配音員「非折笠小姐不可！」——池田誠監督是這麼表示的。我們《鋼彈W》的工作人員也有製作OVA《霸王大系龍騎士 Adieu Legend》，折笠小姐飾演的魔族少年（其實是老爺爺）動特已經徹底迷倒了我們。折笠小姐的魅力，在於她一瞬間就能理解特質完全相異的各種角色，擁有面對任何變化都能夠應付的才能，甚至讓人懷疑「天才」這個單字是不是為了她而創造。以卡特爾的情況來說，外國當地的配音版都是請男性配音員來飾演，可是不管哪一國（就我所看過）的大少爺演技都有點太過高姿態、做作且娘娘腔，被ZERO系統擺布時的低沉聲音則又欠缺魄力。不，外國版的配音員當然也很努力，但是和本家的折笠小姐相比，之間無疑有著明顯的差距，真不好意思。不過也就能由此得知，折笠小姐對於角色的詮釋有多麼細膩，演技有多麼縝密而高深。

這樣子的折笠小姐，有時候可以意外地在電視上或者廣播中聽到她的聲音。像這種時候我總是很緊張。該不會從那開朗又溫柔的聲質裡，突然冒出攻擊性又冷淡的話語吧？我總是提心吊膽的。不過結果最後都沒能聽見潛伏在她聲音中的魔性耳語，讓人變得比原來更安心、更感受到和煦的氣氛。我認為這又是她隱藏的另一項魅力了。

於是這部《Frozen Teardrop》也已來到了第九集。能走到這一步，全都多虧了為我加油打氣的讀者們，真的很感謝你們。劇情也已漸入佳境，今後我打算讓故事加速進展……啊，還沒有寫傑克斯・馬吉斯檔案。

那麼就讓我們在第十集的後記再會。

隅沢克之

新機動戰記鋼彈W
冰結的淚滴

9 寂寥的狂想曲（下）

作者	隅沢克之
插畫	あさぎ桜（角色繪製） MORUGA（機械繪製）
機械設定	KATOKI HAJIME 石垣純哉
原案	矢立肇・富野由悠季
協力	中島幸治（SUNRISE） 高橋哲子（SUNRISE）
宣傳協力	BANDAI HOBBY事業部
顧問	富岡秀行
日版裝訂	KATOKI HAJIME
日版內文設計	土井敦史（天華堂noNPolicy）
日版編輯	角川書店 石脇剛 財前智広 長嶋康枝 森野穣 松本美浪

Kadokawa Light Novels

機動戰士鋼彈UC（UNICORN） 1~10（完）

Kadokawa Fantastic Novels

作者：福井晴敏　插畫：安彥良和、虎哉孝征

在可能性的地平線彼端，衝擊性的發展——
嶄新的宇宙世紀神話，在此堂堂完結！

受「獨角獸鋼彈」導引的漫長旅途終於走到盡頭，巴納吉和米妮瓦總算到達「拉普拉斯之盒」所在地。他們意圖將真相傳達給大眾，然而假面之王弗爾・伏朗托再度阻擋在他們面前。如今，圍繞「盒子」的一切恩怨糾葛，即將面臨清算的時刻……

各 NT$180~200/HK$50~55

台湾角川

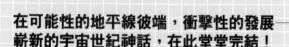

©2012 Shouji Gatou, Naoto Okuro, Shikidouji, Kanetake Ebikawa, Toshiaki Ihara

Kadokawa Light Novels

驚爆危機ANOTHER 1~3 待續

Kadokawa Fantastic Novels

作者：大黑尚人　插畫：四季童子

電光石火般的SF軍事動作小說，
現在全力加速！

市之瀨達哉操縱著〈Blaze Raven〉擊退了來犯的恐怖分子。目睹到他身為AS操縱者的優異才能，雅德莉娜心中百感交集。而無視兩人之間的不安氣氛，以前曾在工作時吃過達哉苦頭的阿拉伯王子──約瑟夫竟出乎意料地來襲，向達哉發出決鬥宣言！

各NT$180/HK$50

台湾角川

Kadokawa Light Novels

蜥蜴王 1~4 待續

Kadokawa Fantastic Novels

作者：入間人間　插畫：ブリキ

為了欺騙「神明」，成為「王者」，
我在此踏出了第一步。

少年石龍子積極地進行掌控剛失去教祖的新興宗教團體「中性之友會」。然而身為復仇對象的少女白鷺卻來到石龍子面前，目的竟是與他約會？「最強殺手」之一的蚯蚓將蛞蝓逼上絕境，不具超能力的蛞蝓拚命逃亡，卻碰上正在約會的少年少女……

台湾角川

各 **NT$180~200/HK$50~55**

Kadokawa Light Novels

黑色子彈 1~4 待續

Kadokawa Fantastic Novels

作者：神崎紫電　插畫：鵜飼沙樹

防止原腸動物入侵的巨石碑提早一天崩塌，
東京地區命運全看自衛隊與民警的活躍！

不久的未來，人類敗給病毒性寄生生物「原腸動物」，被驅逐至狹窄的領土，帶著恐懼與絕望苟且偷生。居住於東京地區的少年里見蓮太郎是對抗原腸動物的專家「民警」成員，專門從事危險的工作。某天接獲政府的高度機密任務，內容是避免東京毀滅……

各 **NT$180~220/HK$50~60**

台湾角川

國家圖書館出版品預行編目(CIP)資料

新機動戰記鋼彈W冰結的淚滴. 7-9 寂寥的狂想曲 / 隅沢克之作 ; 林莉雅譯. -- 初版. -- 臺北市 : 臺灣角川, 2014.01-2014.08
冊 ; 公分
譯自 : 新機動戦記ガンダムW フローズン.ティアドロップ. 7-9 寂寥の狂詩曲
ISBN 978-986-325-760-8(上冊 : 平裝). --
ISBN 978-986-325-844-5(中冊 : 平裝). --
ISBN 978-986-366-087-3(下冊 : 平裝)

861.57 102024785

Kadokawa Fantastic Novels

新機動戰記鋼彈W 冰結的淚滴 9

寂寥的狂想曲（下）

（原著名：新機動戦記ガンダムW フローズン・ティアドロップ 9 寂寥の狂詩曲（下））

2023年6月28日 二版第1刷發行

作　　者：隅沢克之
插　　畫：あさぎ桜、KATOKI HAJIME
原　　案：矢立肇・富野由悠季
譯　　者：林莉雅

發 行 人：岩崎剛人
總 編 輯：蔡佩芬
主　　編：林秀儒
美術設計：黃永漢
印　　務：李明修（主任）、張加恩（主任）、張凱棋

發 行 所：台灣角川股份有限公司
地　　址：104台北市中山區松江路223號3樓
電　　話：（02）2515-3000
傳　　真：（02）2515-0033
網　　址：www.kadokawa.com.tw
劃撥帳戶：台灣角川股份有限公司
劃撥帳號：19487412
法律顧問：有澤法律事務所
製　　版：巨茂科技印刷有限公司
ISBN：978-986-366-087-3